孤獨一點，在你缺少一切的時候，
你就會發現，你還有個自己。
——沈從文

邊　城

沈從文 著

沈從文在小說中所製造的氣氛，是一般作家所不及的，讀者只要一接觸到他的小說，從始至終像一塊吸鐵石一樣牢牢的繫著你的心神，就讓你感到非得把它讀完不可，這是他作品成功最大的因素之一，其次沈從文在文字運用上非常活潑、流利而又簡明，讀他的文章就像是在夏天中喝可口的冷飲，春天裏在百花齊放的花叢中欣賞那良辰美景一般，讓人感到是無限的舒暢、快樂。

——蔡義忠

《邊城》裡涼厚的溫情

白志柔

夏志清先生說，沈從文的小說總離不開牧歌式的調子，一種邊民的田園風在他的作品中處處氤氳著，有莊周情思、華茨華斯胸懷的讀者便會在其中感受到山嵋水涯的清幽氣息，不自覺間性靈遊遨到桃花源綺想之鄉。

據說，沈先生接觸西方小說是從查爾斯．狄更斯的作品開始的。民初，白話文還沒有成為大變革的一支勢不可擋的銳箭，那位晚清遺老林紓先生以古文風格譯介的西人經典就已頗造成一股向歐風文學頂禮的大潮。夏志清先生說，沈從文就是在林紓情調的狄更斯氛圍中徜徉，進而對狄更斯作品中的人物、情節深深入迷的。儘管林紓先生的譯筆拘執於文言，而且本身不識西語，所有他翻譯的小說常常有再造一番的情況，畢竟還是大家之筆，不堪入目是不至於的。或許就因為太喜歡狄更斯

的浪漫情境，寫實中不離溫厚，夏先生指出，沈從文在小說創作上的構想力與這位英倫三島出身的大文豪有不少相像的地方。以他的登頂之作《邊城》來說，其中所醞釀的「祖孫情」這條情節線，應該就離不開狄更斯《老古玩店》（另譯：孝女耐兒傳）的影響。

當然《邊城》還是田園風的，循著沈從文先生的一貫調性，只是更成熟了，掌握情節更穩健了，不再有偏離主軸的有感而論；而《老古玩店》一書中的氛圍還是帶著狄更斯始終不變的批判風貌，對當時社會不公的現象口誅筆伐。並且《邊城》裡的翠翠情竇初開，雖是隱隱約約，畢竟少女情戀糾纏之結已揉進她的靈思深處，叫她有時忍不住眼眸上會有晶瑩閃爍；耐兒卻是冰潔素心，一心只放在如何護著爺爺逃過高利貸迫害者的猙獰刀眼上惶惶不寧。

但是，兩書中刻畫的祖孫之情太相像了。《邊城》中的老船夫衷愛女兒，對女兒私訂終身，與一個軍人珠胎暗結，不加一字嚴厲的責斥，在女兒與那屯戍兵士先後走向情關死門，單單留下他們情緣結出的果實之後，仍然只一心懷著憐惜，把這孤女放到心奧深處，愛著，昵著，拉拔大了。耐兒的爺爺對自己的女兒也如明珠在懷，捧觸經心；女兒遇人不淑，憔悴而死，老人家無一絲怨懟，把留下來的孫女當成了金質寶貝。翠翠與耐兒也當真都有金質之心，一個是中國湘西茶峒山水養出的水晶，一個是英倫重霧滲之不入的碧玉。

或許可以說，翠翠對船總順順的次子二老儺送情絲輕繫，卻似若即若離，綿綿柔思不傾吐，也不接那情重郎君竹雀般的山歌送愛，雖是少女心羞澀纏住，必定還有擱不下爺爺的一片心事。耐兒對這種情波起洑，心頭還不著絲沫，只想把爺爺帶離陰惻惻的歹人冰冽噬人的刀口，便是最終玉瑰飄離苞蕊半開的清軀，放不下的還是老人家怎生活得的不忍。

《邊城》風格與《老古玩店》調式有另一相通處，即是對側緣小民的無限溫愛。耐兒與祖父逃難的過程中，所遇者無論是走江湖討生活的豪氣婦人，或煤礦區受盡人世悲酸，不減仁厚的瘦瘠礦工，透發出的都是人心深處最美最濃的關懷。沈從文筆下的湘西茶峒，山情水致，幽遠清邃不用說了，光是人情厚處，就會引得吸足了文明油氣的大城市人心嚮往之，直覺得那確是伊甸樂地，理想仙園。讀者不信，不妨展書而讀，品味再三。

目錄

作者的話

對於農人與兵士，懷了不可言說的溫愛，這點感情在我一切作品中，隨處都可以看出。我從不隱諱這點感情。我生長於作品中所寫到的那類小鄉城，我的祖父、父親，以及兄弟，全列身軍籍；死去的莫不在職務上死去，不死的也必然的將在職務上終其一生。就我所接觸的世界一面，來敘述他們的愛憎與哀樂，即或這枝筆如何笨拙，或尚不至於離題太遠。因爲他們是正直的，誠實的，生活有些方面極其偉大，有些方面又極其平凡，性情有些方面極其美麗，有些方面又極其瑣碎——我動手寫他們時，爲了使其更有人性，更近人情，自然便老老實實的寫下去。但因此一來，這作品或者便不免成爲一種無益之業了。因爲它對於在都市中生長教育的讀書人說來，似乎相去太遠了。他們的需要應當是另外一種作品，我知道的。

照目前風氣說來，文學理論家、批評家，及大多數讀者，對於這種作品是極容易引起不愉快的感情的。前者表示「不落伍」，告訴人中國不需要這類作品，後者「太擔心落伍」，目前也不願意讀這類作品。這自然是眞事。「落伍」是什麼？一個有點理性的人，也許就永遠無法明白，但多數人誰不害怕「落伍」！我有句話想說：「我這本書不是爲這種多數人而寫的。」

大凡念了三五本關於文學理論文學批評問題的洋裝書籍，或同時還念過一大堆古典與近代世界名作的人，他們生活的經驗，卻常常不許可他們在「博學」之外，還知道一點點中國另外一個地方另外一種事情。因此這個作品即或與當前某種文學理論相符合，批評家便加以各種讚美，這種批評其實仍然不免成爲作者的侮辱。他們既不想明白這個民族眞正的愛憎與哀樂，便無法說明這個作品的得失——這本書不是爲他們而寫的。

關於文藝愛好者呢，或是大學生，或是中學生，分布於國內人口較密的都市中，常常很誠實天眞的，把一部分極可寶貴的時間，來閱讀國內新近出版的文學書籍。他們爲一些理論家、批評家、聰明出版家，以及習慣於說謊造謠的文壇消息家，同力協作，造成一種習氣所控制、所支配，他們的生活，同時又實在與這個作品所提到的世界相去太遠了——他們不需要這種作品，這本書也就並不希望得到他們。理論家有各國出版物中的文學理論可以參證，不愁無話可說，批評家有他們欠了點兒小恩小怨的作家與作品，夠他們去毀譽一世。

大多數的讀者，不問趣味如何，信仰如何，皆有作品可讀。正因爲關心讀者大衆，不是便有許多人，據說爲讀者大衆，永遠如陀螺在那裡轉變嗎？這本書的出版，即或並不爲領導多數的理論家與批評家所棄，被領導的多數讀者又並不完全放棄它，但本書作者，卻早已存心把這個「多數」放棄了。

我這本書只預備給一些「本身已離開了學校，或始終就無從接近學校，還認識些中國文字，置身於文學理論、文學批評，以及說謊造謠消息所達不到的那種職務上，在那個社會裡生活，而且極關心全個民族在空間與時間下所有的好處與壞處」的人去看。

他們眞知道當前農村是什麼，想知道過去農村有什麼，他們必也願意從這本書上同時還知道點世界一小角隅的農村與軍人。我所寫到的世界，即或在他們全然是

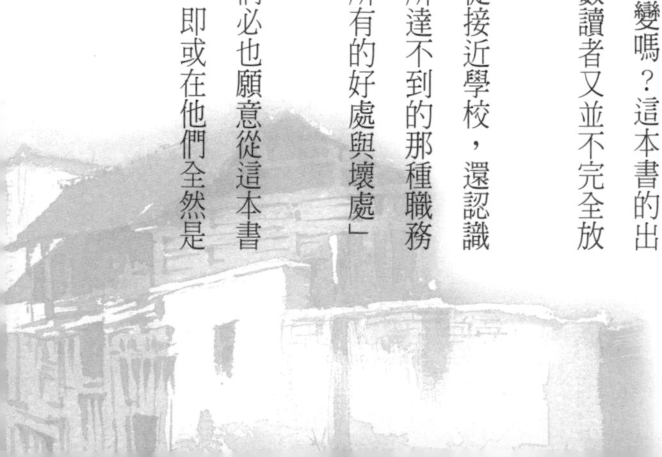

一個陌生的世界，然而他們的寬容，他們向一本書去求取安慰與知識的熱忱，卻一定使他們能夠把這本書很從容讀下去的。我並不即此而止，還預備給他們一種對照的機會，將在另外一個作品裡，來提到二十年來的內戰，使一些首當其衝的農民，性格靈魂被大力所壓，失去了原來的樸質、勤儉、和平、正直的型範以後，成了一個什麼樣子的新東西；他們受橫徵暴斂以及鴉片煙的毒害，變成了如何窮困與懶惰！我將把這個民族爲歷史所帶走向一個不可知的命運中前進時，一些小人物在變動中的憂患，與由於營養不足所產生的「活下去」以及「怎樣活下去」的觀念和欲望，來作樸素的敘述。

我的讀者應是有理性，而這點理性便基於對中國現社會變動有所關心，認識這個民族的過去偉大處與目前墮落處，各在那裡很寂寞的從事於民族復興大業的人。這作品或者只能給他們一點懷古的幽情，或者只能給他們一次苦笑，或者又將給他們一個噩夢，但同時說不定，也許尚能給他們一種勇氣同信心！

邊城

1

由四川過湖南去，靠東有一條官路。這官路將近湘西邊境到了一個地方名爲「茶峒」的小山城時，有一小溪，溪邊有座白色小塔，塔下住了一戶單獨的人家。這人家只一個老人，一個女孩子，一隻黃狗。

小溪流下去，繞山岨流，約三里便匯入茶峒大河，人若過溪越小山走去，則只一里路就到了茶峒城邊。溪流如弓背，山路如弓弦，故遠近有了小小差異。小溪寬約廿丈，河床爲大片石頭作成。靜靜的河水即或深到一篙不能落底，卻依然清澈透明，河中游魚來去皆可以計數。

小溪旣爲川湘來往孔道，限於財力不能搭橋，就安排了一雙方頭渡船，這渡船一次連人帶馬，約可以載三十位搭客過河，人數多時則反覆來去。渡船頭豎了一枝小小竹竿，掛著一個可以活動的鐵環，溪岸兩端水面橫牽了一段廢纜，有人過渡

時，把鐵環掛在廢纜上，船上人就引手攀緣那條纜索，慢慢的牽船過對岸去，將船攏岸時，管理這渡船的，一面口中嚷著「慢點慢點」，自己霍的躍了上岸，拉著鐵環，於是人貨牛馬全上了岸，翻過小山不見了。

渡頭爲公家所有，故過渡人不必出錢。有人心中不安，抓了一把錢擲到船板上時，管渡船的必爲一一拾起，依然塞到那人手心裡去，儼然吵嘴時的認眞神氣：「我有了口糧，三斗米，七百錢，夠了！誰要這個？」

但不成，凡事求個心安理得，出氣力不受酬誰好意思，不管如何還是有人要把錢的。管船人卻情不過，也爲了心安起見，便把這些錢託人到茶峒去買茶葉和草煙，將茶峒出產的上等草煙，一紮一紮掛在自己腰帶邊，過渡的誰需要這東西必慷慨奉贈。有時從神氣上估計那遠路人對於身邊草煙引起了相當的注意時，這弄渡船的便把一小束草煙扎到那人包袱裡去，一面說：「大哥，不吸這個嗎？這好的，這妙的，看樣子不成材，巴掌大葉子，味道蠻好，送人也很合適！」茶葉則在六月裡放進大缸裡去，用開水泡好，給過路人隨意解渴。

管理這渡船的，就是住在塔下的那個老人。活了七十年，從二十歲起便守在這小溪邊，五十年來不知把船來去渡了若干人。年紀雖那麼老了，骨頭硬硬的，本來應當休息了，但天不許他休息，他彷彿便不能夠同這一分生活離開。他從不思索自己職務對於本人的意義，只是靜靜的很忠實的在那裡活下去。代替了天，使他在日頭升起時，感到生活的力量，當日頭落下時，又不至於思量與日頭同時死去的，是那個伴在他身旁的女孩子。他唯一的朋友是一隻渡船和一隻黃狗，唯一的親人便只是那個女孩子。

女孩子的母親，老船夫的獨生女，十五年前同一個茶峒軍人唱歌相熟後，很祕密的背著那忠厚爸爸發生了曖昧關係。有了小孩子後，這屯戍兵士便想約了她一同向下游逃去。但從逃走的行爲上看來，一個違悖了軍人的責任，一個卻必得離開孤獨的父親。

經過一番考慮後，屯戍兵見她無遠走勇氣，自己也不便毀去作軍人的名譽，就心想：一同去生既無法聚首，一同去死應當無人可以阻攔。首先服了毒。女的卻關心腹中的一塊肉，不忍心，拏不出主張。事情業已爲作渡船夫的父親知道，父親卻不加上一個有分量的字眼兒，只作爲並不聽到過這事情一樣，仍然把日子很平靜的

過下去。女兒一面懷了羞慚，一面卻懷了憐憫，依舊守在父親身邊，待到腹中小孩生下後，卻到溪邊故意喫了許多冷水死去了。

在一種奇蹟中這遺孤居然已長大成人，一轉眼間便十三歲了。爲了住處兩山多篁竹，翠色逼人而來，而船夫隨便給這個可憐的孤雛拾取了一個近身的名字，叫做「翠翠」。

翠翠在風日裡長養著，故把皮膚變得黑黑的，觸目爲青山綠水，故眸子清明如水晶。自然既長養她且教育她，爲人天眞活潑，處處儼然如一隻小獸物。人又那麼乖，如山頭黃麂一樣，從不想到殘忍事情，從不發愁，從不動氣。平時在渡船上遇陌生人對她有所注意時，便把光光的眼睛瞅著那陌生人，作成隨時皆可舉步逃入深山的神氣，但明白了面前的人無機心後，就又從從容容的在水邊玩耍了。

老船夫不論晴雨，必守在船頭，有人過渡時，便略彎著腰，兩手緣引了竹纜，把船橫渡過小溪。有時疲倦了，躺在臨溪大石上睡著了，人在隔岸招手喊過渡，翠翠不讓祖父起身，就跳下船去，很敏捷的替祖父把路人渡過溪，一切皆溜刷在行，從不誤事。有時又與祖父黃狗一同在船上，過渡時與祖父一同動手牽纜索。船將近岸邊，祖父正向客人招呼：「慢點，慢點」時，那隻黃狗便口銜繩子，最先一躍而上，且儼然懂得如何方爲盡職似的，把船繩緊銜著拖船攏岸。

風日清和的天氣，無人過渡，鎮日長閒，祖父同翠翠便坐在門前大岩石上曬太陽，或把一段木頭從高處向水中拋去，嗾使身邊黃狗從岩石高處躍下，把木頭銜回來。或翠翠與黃狗皆張著耳朵，聽祖父說些城中多年以前的戰爭故事。或祖父同翠翠，各把小竹作成的豎笛，逗在嘴邊吹著迎親送女的曲子，過渡人來了，老船夫放下了竹管，獨自跟到船邊去，橫溪渡人，在岩石上的一個，見船開動時，於是銳聲喊著：

「爺爺，爺爺，你聽我吹——你唱！」

爺爺到溪中央便很快樂的唱起來，啞啞的聲音同竹管聲，振蕩在寂靜空氣裡，溪中彷彿也熱鬧了些。實則歌聲的來復，反而使一切更寂靜。

有時過渡的是從川東過茶峒的小牛，是羊群，是新娘子的花轎，翠翠必爭著作渡船夫，站在船頭，懶懶的攀引纜索，讓船緩緩的過去。牛羊花轎上岸後，翠翠必跟著走，送隊伍上山，站到小山頭，目送這些東西走去很遠了，方回轉船上，把船

牽靠近家的岸邊，且獨自低低的學小羊叫著，學母牛叫著，或採一把野花縛在頭上，獨自裝扮新娘子。

茶峒山城只隔渡頭一里路，買油買鹽時，逢年過節祖父得喝一杯酒時，祖父不上城，黃狗就伴同翠翠入城裡去備辦東西。到了買雜貨的鋪子裡，有大把的粉條，大塊的白糖，有炮仗，有紅蠟燭，莫不給翠翠一種很深的印象，回到祖父身邊，總把這些東西說個半天。那裡河邊還有許多船，比起渡船來全大得多，有趣味得多，翠翠也不容易忘記。

2

茶峒地方憑山依水築城，近山一面，城牆儼然如一條長蛇，緣山爬去。臨水一面則在城外河邊留出餘地設碼頭，灣泊小小篷船。船下行時運桐油青鹽，染色的五棓子。上行則運棉花、棉紗，以及布匹雜貨同海味。貫串各個碼頭有一條河街，人家房子多一半著陸，一半在水。因爲餘地有限，那些房子莫不設有弔腳樓。河中漲了春水，到水腳逐漸進街後，河街上人家便各用長長的梯子，一端搭在自家屋簷口，一端搭在城牆上，人人皆罵著嚷著，帶了包袱、鋪蓋、米缸，從梯子上進城裡去，等待水退時，方又從城門口出城。

某一年水若來得特別猛一些，沿河弔腳樓必有一處兩處爲大水衝去，大家皆在城上頭呆望，受損失的也同樣呆望著，對於所受的損失彷彿無話可說，與在自然安排下，眼見其他無可挽救的不幸來時相似。漲水時在城上還可望著驟然展寬的河

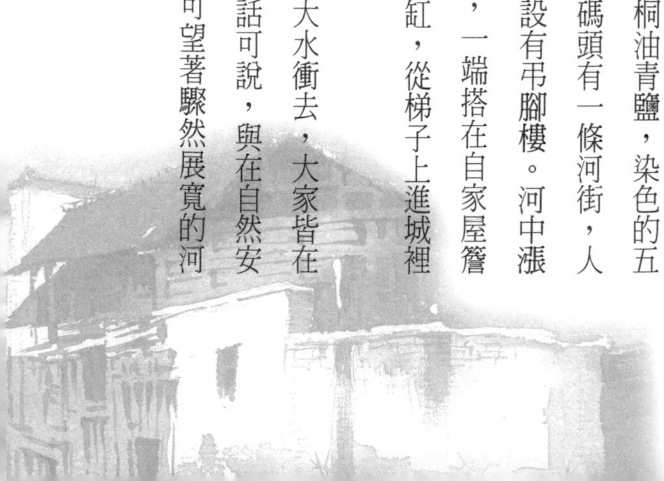

面，流水浩浩蕩蕩，隨同山水從上流浮沈而來的有房子、牛、羊、大樹。於是在水勢較緩處，稅關躉船前面，便常常有人駕了小舢舨，一見河心浮沈而來的是一匹牲畜、一段小木，或一隻空船：船上有一個婦人或一個小孩哭喊的聲音，便急急的把船槳去，在下游一些迎著了那個目的物，把它用長繩繫定，再向岸邊槳去。這些勇敢的人也愛利，也仗義，同一般當地人相似，不拘救人救物，卻同樣在一種愉快冒險行爲中，做得十分敏捷勇敢，使人見及，不能不爲之喝彩。

那條河水便是歷史上知名的酉水，新名字叫做白河。白河到辰州與沅水匯流後，便略顯渾濁，有出山泉水的意思。若溯流而上，則三丈五丈的深潭皆清澈見底。深潭中爲白日所映照，河底小小白石子，有花紋的瑪瑙石子，全看得明明白白。水中游魚來去，皆如浮在空氣裡。兩岸多高山，山中多可以造紙的細竹，長年作深翠顏色，迫人眼目。

近水人家多在桃杏花裡，春天時只需注意，凡有桃花處必有人家，凡有人家處必可沽酒。夏天則曬晾在日光下耀目的紫花布衣褲，可以作爲人家所在的旗幟。秋冬來時，人家房屋在懸崖上的、濱水的，無不朗然入目，黃泥的牆，烏黑的瓦，位置卻永遠那麼妥貼，且與四圍環境極其調和，使人迎面得到的印象，實在非常愉快。一個對於詩歌圖畫稍有興味的旅客，在這小河中，蜷伏於一隻小船上，作三十天的旅行，必不至於感到厭煩。正因爲處處有奇蹟可以發現，自然的大膽處與精巧處，無一地無一時不使人神往傾心。

白河的源流，從四川邊境而來，從白河上行的小船，春水發時可以直達川屬的秀山。但屬於湖南境界的，茶峒算是最後一個水碼頭。這條河水的河面，在茶峒時雖寬約半里，當秋冬之際水落時，河床流水處還不到二十丈，其餘只是一灘青石。小船到此後，既無從上行，故凡川東的進出口貨物，皆從這地方落水起岸。出口貨物俱由腳夫用杉木扁擔壓在肩膊上挑抬而來，入口貨物莫不從這地方成束成擔的用人力搬去。

這地方城中只駐紮一營由昔年綠營屯丁改編而成的戍兵，及五百家左右的住戶。（這些住戶中，除了一部分擁有了些山田同油坊，或放賬屯油、屯米、屯綿紗的小資本家外，其餘多數皆爲當年屯戍來此有軍籍的人家。）地方還有個釐金局，辦事機關在城外河街下面小廟裡，局長則長住城中。一營兵士駐紮老參將衙門，除

了號兵每天上城吹號玩，使人知道這裡還駐有軍隊外，兵士皆彷彿並不存在。

冬天的白日裡，到城裡去，便只見各處人家門前皆晾曬有衣服同青菜。紅薯多帶藤懸掛在屋簷下。用棕衣作成的口袋，裝滿了栗子、榛子和其他硬殼果，也多懸掛在簷口下。屋角隅各處有大小雞叫著玩著。間或有什麼男子，佔據在自己屋前門限上鋸木，或用斧頭劈樹，惟劈好的柴堆到敞坪裡去如一座一座寶塔。又或可以見到幾個中年婦人，穿了漿洗得極硬的藍布衣裳，胸前掛有白布和花圍裙，躬著腰在日光下一面說話一面作事。

一切總永遠那麼靜寂，所有人民每個日子皆在這種不可形容的單純寂寞裡過去。一分安靜增加了人對於「人事」的思索力，增加了夢，在這小城中生存的，各人自然也一定皆各在分定一份日子裡，懷了對於人事愛憎必然的期待。但這些人想些什麼？誰知道？住在城中較高處，門前一站便可以眺望對河以及河中的景致；船來時，遠遠的就從對河灘上看著無數縴夫。那些縴夫也有從下游地方，帶了細點心洋糖之類，攏岸時卻拿進城中來換錢的。船來時，小孩子的想像，應當在那些拉船人一方面。大人呢，孵一窠小雞，養兩隻豬，託下行船夫打副金耳鐶，帶兩丈官青布，或一罈好醬油，一個雙料的美孚燈罩回來，便佔去了大部分作主婦的心了。

這小城裡雖那麼安靜和平，但地方既爲川東商業交易接頭處，故城外小小河街，情形卻不同了一點。也有商人落腳的客店，坐鎮不動的理髮館。此外飯店、雜貨鋪、油行、鹽棧、花衣莊，莫不各有一種地位，裝點了這條河街。還有賣船上檀木活車竹纜與鍋罐鋪子，介紹水手職業喫碼頭飯的人家。

小飯店門前長案上常有煎得焦黃的鯉魚豆腐，身上裝飾了紅辣椒絲，臥在淺口缽頭裡，缽旁大竹筒中插著大把朱紅筷子，不拘誰個願意花點錢，這人就可以傍了門前長案坐下來，抽出一雙筷子捏到手上，那邊一個眉毛扯得極細，臉上擦了白粉的婦人就走過來問：「大哥，副爺，要甜酒？要燒酒？」

男子火焰高一點的，諧趣的，對內掌櫃有點意思的，必故意裝成生氣似的說：「喫甜酒、又不是小孩子，還問人喫甜酒！」那麼，釅冽的燒酒，從大甕裡用木濾子舀出，倒進土碗裡，即刻就來到身邊案桌上了。這燒酒自然是濃而且香的，能醉倒一個漢子的，所以照例也不會多喫。

雜貨鋪賣美孚油，及點美孚油的洋燈，與香燭紙張。油行屯桐油。鹽棧堆四川

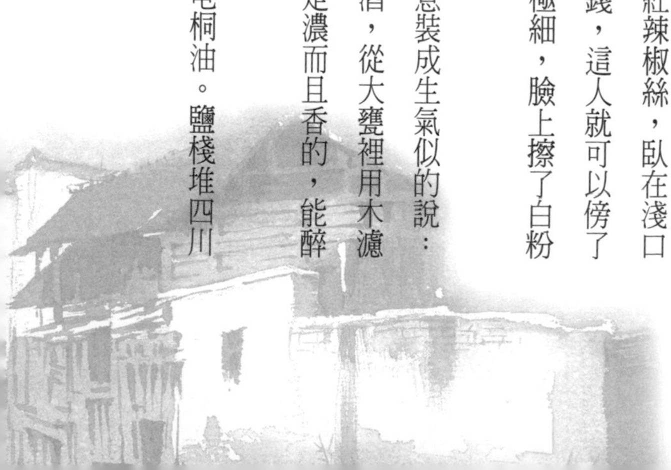

火井出的青鹽。花衣莊則有白棉紗、大布、棉花，以及包頭的黑縐綢出賣。賣船上用物的，百物羅列，無所不備，且間或有重至百斤以外的鐵錨，擱在門外路旁，等候主顧問價的。

專以介紹水手爲事業，喫水碼頭飯的，在河街的家中，終日大門必敞開著，常有穿青羽緞馬褂的船主與毛手毛腳的水手進出，地方像茶館卻不賣茶，不是煙館又可以抽煙。

來到這裡的，雖說所談的是船上生意經，然而船隻的上下，划船拉縴人大都有一個規矩，不必作數目上的討論。他們來到這裡大多數倒是在「聯歡」。以「龍頭管事」作中心，談論點本地時事，兩省商務上情形，以及下游的「新聞」。邀會的，集款時大多數皆在此地，爬骰子看點數多少輪作會首時，也常常在此舉行。眞眞成爲他們生意經的，有兩件事：買賣船隻，買賣媳婦。

大都市隨了商務發達而產生的某種寄食者，因爲商人的需要，水手的需要，這小小邊城的河街，也居然有那麼一群人，聚隻在一些有弔腳樓的人家。這種小婦人不是從附近鄉下弄來，便是隨同川軍來湘流落後的婦人，穿了假洋綢的衣服，印花漂布的褲子，把眉毛扯得成一條細線，大大的髮髻上敷了香味極濃俗的油類，白日裡無事，就坐在門口小凳子上做鞋子，在鞋尖上用紅綠絲線挑繡雙鳳，一面看過往行人，消磨長日，或靠在臨河窗口上看水手起貨，聽水手爬桅唱歌。到了晚間，卻輪流的接待商人同水手，切切實實盡一個妓女應盡的義務。

由於邊地的風俗淳樸，便是作妓女，也永遠那麼渾厚，遇不相熟的主顧，做生意時得先交錢，數目弄清楚後，再關門撒野，人既相熟後，錢便在可有可無之間了。妓多靠四川商人維持生活，但恩情所結，卻多在水手方面。感情好的，別離時互相咬著嘴唇咬著頸脖發了誓，約好了「分手後各人皆不許胡鬧」，四十天或五十天，在船上浮著的那一個，同在岸上蹲著的這一個，便皆呆著打發這一堆日子，儘把自己的心緊緊縛定遠遠的一個人。

尤其是婦人，情感眞摯，癡到無可形容，男子過了約定時間不回來，做夢時，就總常常夢船攏了岸，那一個人搖搖蕩蕩的從船板跳到了岸上，直向身邊跑來，或日中有了疑心，則夢裡必見那個男子在桅子上向另一方面唱歌，卻不理會自己。性格弱一點兒的，接著就在夢裡投河吞鴉片煙，性格強一點兒的，便手執菜刀，直向

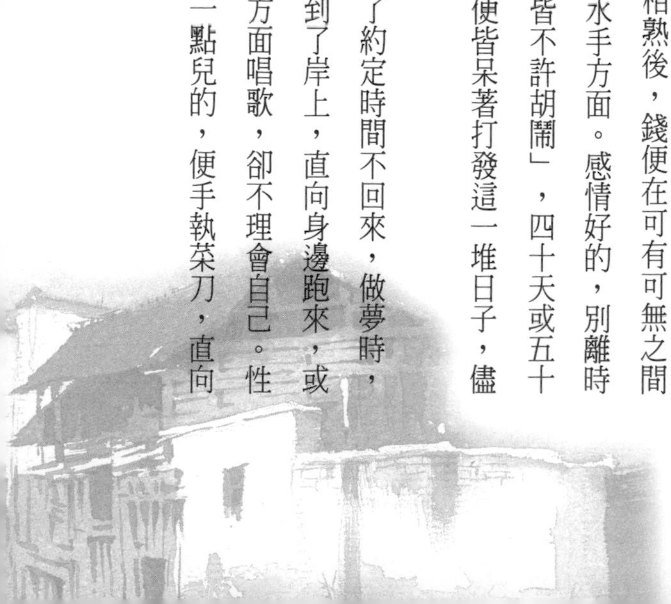

那水手奔去。

他們生活雖那麼同一般社會疏遠，但是眼淚與歡樂，在一種愛憎得失間，揉進了這些人生活裡時，也便同另外一片土地另外一些人相似，一個身心爲那點愛憎所浸透，見寒作熱，忘了一切。若有多少不同處，不過是這些人更眞切一點，也更易於糊塗一點罷了。

短期的包定，長期的嫁娶，一時間的關門；這些關於一個女人身體上的交易，由於民情的淳樸，身當其事的不覺得如何下流可恥，旁觀者也就從不用讀書人的觀念，加以指摘與輕視。這些人既重義輕利，又能守信自約，即便是娼妓，也常常較之知羞恥的城市中人還更可信任。

掌水碼頭的名叫順順，一個前清時便在營伍中混過日子來的人物，革命時在著名的陸軍四十九標做過什長。同樣做什長的，有因革命成了偉人名人的，有殺頭碎屍的，他卻帶著少年喜事得來的腳瘋痛，回到了家鄉，把所積蓄的一點錢，買了一條六槳白木船，租給一個窮船主，代人裝貨，在茶峒與辰州之間來往。氣運好，半年之內船不壞事，於是他從所賺的錢上，又討了一個略有產業的白臉黑髮小寡婦。

因此一來，數年後，在這條河上，他就有了八隻船，一個妻子，兩個兒子。

但這個大方灑脫的人，事業雖十分順手，卻因歡喜交朋結友，慷慨而又能濟人之急，便不能同販油商人一樣大大發作起來。自己既在糖子裡混過日子，明白出門人的甘苦，理解失意人的心情，故凡船隻失事破產的船家，過路的退伍士兵，遊學文墨人，凡到了這個地方，聞名求助的莫不盡力幫助。一面從水上賺來錢，一面就這樣灑脫散去。這人雖然腳上有點小毛病，還能泅水，走路難得其平，爲人卻那麼公正無私。

水面上各事原本極其簡單，一切都爲一個習慣所支配，誰個船碰了頭，誰個船妨害了別一人別一隻船的利益，照例有習慣方法來解決。惟運用這種習慣規矩排調一切的，必須一個高年碩德的中心人物。某年秋天，那原來執事的人死去了，順順作了這樣一個代替者。那時他還只五十歲，爲人既明事明理，正直和平，又不愛財，故無人對他年齡懷疑。

到如今，他的兒子大的已十六歲，小的已十四歲，兩個年輕人皆蠻實如小公牛，能駕船，能泅水，能走長路。凡從小鄉城裡出身的青年所能夠作的事，他們無

一不作，作去無一不精。年紀較長的，性情如他們爸爸一樣，豪放豁達，不拘常套小節。年幼的則氣質近於那個白臉黑髮的母親，不愛說話，眼眉卻秀拔出群，一望即知其爲人聰明而又富於感情。

兩兄弟既年已長大，必須在各種生活上來訓練他們的人格，作父親的就輪流派遣兩個小孩子各處旅行；向下行船時，多隨了自己的船隻充夥計，甘苦與人相共。蕩槳時選最重的一把，揹縴時拉頭縴二縴，喫的是乾魚、辣子、臭酸菜，睡的是硬幫幫的艙板。向上行從旱路走去，則跟了川東客貨，過秀山龍潭酉陽作生意，不論寒暑雨雪，必穿了草鞋按站趕路。且佩了短刀，遇不得已必須動手，便霍的把刀抽出，站到空闊處去，等候對面的一個，繼著就同這個人用肉搏來解決。

幫裡的風氣，既爲「對付仇敵必需用刀，聯結朋友也必需用刀」，故需要刀時，他們也就從不讓它失去那點機會。學貿易，學應酬，學習到一個新地方去生活，且學習用刀保護身體同名譽，教育的目的，似乎在使兩個孩子學得做人的勇氣與義氣。一分教育一結果，弄得兩個人皆結實如老虎，卻又和氣親人，不驕惰，不浮華，不依勢凌人，故父子三人在茶峒邊境上，爲人所提及時，人人對這個名姓無不加以一種尊敬。

作父親的當兩個兒子很小時，就明白大兒子一切與自己相似，卻稍稍見得溺愛那第二個兒子。由於這點不自覺的私心，他把長子取名天保，次子取名儺送。

天保佑的在人事上或不免有齟齬處，至於儺神所送來的，照當地習氣，人更不能稍加輕視了。儺送美麗的很。茶峒船家人拙於讚揚這種美德，只知道爲他取出一個渾名爲「岳雲」。雖無什麼人親眼看到過岳雲，一般的印象，卻從戲臺上小生岳雲，得來一個相近的神氣。

3

兩省接壤處，十餘年來主持地方軍事的，注重在安輯保守，處置極其得法，並無變故發生。水陸商務既不至於受戰爭停頓，也不至於爲土匪影響，一切莫不極有秩序，人民也莫不安分樂生。這些人，除了家中死了牛、翻了船，或發生別的死亡大變，爲一種不幸所絆倒，覺得十分傷心外，中國其他地方正在如何不幸掙扎中的情形，似乎就永遠不會爲這邊城人民所感到。

邊城所在一年中最熱鬧的日子，是端午、中秋，與過年，三個節日過去三五十年前，如何興奮了這地方人，直到現在，還毫無什麼變化，仍是那地方居民最有意義的幾個日子。

端午日，當地婦女小孩子莫不穿了新衣，額上用雄黃蘸酒畫了個王字。任何人家到了這天必可以喫魚喫肉。大約上午十一點鐘左右，全茶峒人就喫了午飯，把飯喫過後，在城裡住家的，莫不倒鎖了門，全家出城到河邊看划船。河街有熟人的，可到河街弔腳樓門口邊看，不然就站在稅關門口與各個碼頭上看。河中龍船以長潭某處作起點，稅關前作終點作比賽競爭。

因爲這一天，軍官、稅官以及當地有身分的人莫不在稅關前看熱鬧。划船的事各人在數天以前就早有了準備，分組分幫各自選出了若干身體結實手腳伶俐的小夥子，在潭中練習進退。船隻的形式與平常木船大不相同，形體一律又長又狹，兩頭高高翹起，船身繪著朱紅顏色長線。平常時節多擱在河邊乾燥洞穴裡，要用它時，拖下水去。每隻船可坐十二個到十八個槳手，一個帶頭的，一個鼓手，一個鑼手。槳手每人持一支短槳，隨了鼓聲緩促爲節拍把船向前划去。

帶頭的坐在船頭上，頭上纏裹著紅布包頭，手上拏兩枝小令旗，左右揮動，指揮船隻的進退。擂鼓打鑼的，多坐在船隻的中部，船一划動便即刻蓬蓬鏜鏜把鑼鼓很單純的敲打起來，爲划槳水手調理下槳節拍，一船快慢既不得不靠鼓聲，故每當兩船競賽到劇烈時，鼓聲如雷鳴，加上兩岸人吶喊助威，便使人想起小說故事上梁紅玉老鸛河時水戰擂鼓，牛皋水擒楊么時也是水戰擂鼓。凡把船划到前面一點的，

必可在稅關前領賞，一走紅，一塊小銀牌，不拘纏掛到船上某一個人頭上去，皆顯出這一船合作的光榮。好事的軍人，且當每次某一隻船勝利時，必在水邊放些表示勝利慶祝的五百響鞭炮。

賽船過後，城中的戍軍長官爲了與民同樂，增加這個節日的愉快起見，便把綠頭長頸大雄鴨，頸膊上縛了紅布條子，放入河中，令喜於泅水的軍民人等上水追趕鴨子。不拘誰把鴨子捉到，誰就成爲這鴨子的主人。於是長潭換了新的花樣，水面各處是鴨子，同時各處有追趕鴨子的人。

船與船的競賽，人與鴨子的競賽，直到天晚方能完事。

掌水碼頭的龍頭大哥順順，年輕的時節便是一個泅水的高手，入水中去追逐鴨子，在任何情形下總落空。但一到次子儺送年過十歲時，已能入水閉氣氽著到鴨子身邊，再忽然冒水而出，把鴨子捉到，這作爸爸的便解嘲似的向孩子們說：「好，這種事你們來作，我不必再下水了。」於是當眞就不下水與人來競爭捉鴨子。但下來救人呢，當作別論。凡幫助人遠離患難，便是入火，人到八十歲，也還是成爲這個人一種不可逃避的責任！

天保、儺送兩人皆是當地泅水划船的好選手。

端午節快來了，初五划船，河街上初一開會，就決定了屬於河街的那隻船當天入水。天保恰好在那天應向上行，隨了陸路商人過川東龍潭送節貨，故參加的就只儺送。十六個結實如牛犢的小夥子帶了香、燭、鞭炮，同一個用生牛皮蒙好繪有朱紅太極圖的高腳鼓，到了擱船的河上游山洞邊燒了香燭，把船拖入水後，各人上了船，燃著鞭炮，擂著鼓，這船便如一枝箭似的，很迅速的向下游長潭射去。

那時節還是上午，到了什後，對河漁人的龍船也下了水，兩隻龍船就開始預習種種競賽的方法，水面上第一次聽到了鼓聲，許多人從這鼓聲中，感到了節日臨近的歡悅。住臨河弔腳樓對遠方人有所等待的，有所盼望的，也莫不因鼓聲想到遠人。在這個節日裡，必然有許多船隻可以趕回，也有許多船隻只合在半路過節，這之間，便有些眼目所難見的人事哀樂，在這小山城河街間，讓一些人嬉喜，也讓一些人皺眉！

蓬蓬鼓聲掠水越山到了渡船頭那裡時，最先注意到的是那隻黃狗。那黃狗汪汪的吠著，受了驚似的繞屋亂走，有人過渡時，便隨船渡過東岸去，且跑到小山頭向

城裡一方面大吠。

翠翠正坐在門外大石上用棕葉編蚱蜢蜈蚣玩，見黃狗先在太陽下睡著，忽然醒來便發瘋似的亂跑，過了河又回來，就問牠罵牠：

「狗，狗，你做什麼？不許這樣子！」

可是一會兒那聲音被她發現了，她於是也繞屋跑著，且同黃狗一塊兒過了小溪，站在小山頭聽了許久，讓那點迷人的鼓聲，把自己帶到一個過去的節日裡去。

4

這是兩年前的事。五月端陽，渡船頭祖父找人作了替身，便帶了黃狗同翠翠進城，到大河邊去看划船。河邊站滿了人，四隻朱色長船在潭中滑著。龍船水剛剛漲過，河中水皆豆綠色，天氣又那麼明朗，鼓聲蓬蓬響著，翠翠抿著嘴一句話不說，心中充滿了不可言的快樂。河邊人太多了一點，各人皆儘張著眼睛望河中，不多久，黃狗還留在身邊，祖父卻擠得不見了。

翠翠一面注意划船，一面心想：「過不久祖父總會找來的。」但過了許久，祖父還不來，翠翠便稍稍有點兒著慌了。先是兩人同黃狗進城前一天，祖父就問翠翠：「明天城裡划船，倘若一個人去看，人多怕不怕？」翠翠就說：「人多我不怕，但自己只是一個人可不好玩。」

於是，祖父想了半天，方想起一個住在城中的老熟人，趕夜裡到城裡去商量，

請那老人來看一天渡船，自己卻陪翠翠進城玩一天。且因爲那人比渡船老人更孤單，身邊無一個親人，也無一隻狗，因此便約好了那人早上過家中來喫飯，喝一杯雄黃酒。

第二天那人來了，喫了飯，把職務委託那人以後，翠翠等便進了城。到路上時，祖父想起什麼似的，又問翠翠：「翠翠，翠翠，人那麼多，好熱鬧，你一個人敢到河邊看龍船嗎？」翠翠說：「怎麼不敢？可是一個人玩有什麼意思。」

到了河邊後，長潭裡的四隻紅船把翠翠的注意力完全佔去了，身邊祖父似乎也可有可無了。祖父心想：「時間還早，到收場時，至少還得三個時刻。溪邊的那個朋友也應當來看年輕人的熱鬧，回去一趟，換換地位還趕得及。」因此就告訴翠翠：「人太多了，站在這裡看，不要動，我到別處去有點事情，無論如何總趕得回來伴你回家。」

翠翠正在爲兩隻競速並進的船迷著，祖父說的話毫不思索就答應了。祖父知道黃狗在翠翠身邊也許比他自己在她身邊還穩當，於是便回家看船去了。

祖父到了渡船處時，見代替他的老朋友正站在白塔下注意聽遠處鼓聲。

祖父喊叫他，請他把船拉過來，兩人渡過小溪，仍然站到白塔下去。那人問老船夫爲什麼又跑回來？祖父就說想替他一會兒，故把翠翠留在河邊，自己趕回來，好讓他也過大河邊去看看熱鬧，且說：「看得好，就不必再回來，只須見了翠翠告訴她一聲，翠翠到時自會回家的。小丫頭不敢回家，你就伴她走走！」

但那替手對於看龍船已無什麼興味，卻願意同老船夫在這溪邊大石上各自再喝兩杯燒酒。老船夫聽說十分高興，於是把酒葫蘆取出，推給城中來的那一個。兩人一面談些端午舊事，一面喝酒，不到一會，那人卻在巖石上被燒酒醉倒了。

人既醉倒後，無從入城，祖父爲了責任又不便與渡船離開，留在河邊的翠翠便不能不著急了。

河中划船的決了最後勝負後，城裡軍官已派人駕小船在潭中放了一群鴨子，祖父還不見來。翠翠恐怕祖父也正在什麼地方等著她，因此帶了黃狗向各處人叢人擠著去找尋祖父，結果還是不見祖父的蹤跡。後來看看天快要黑了，軍人扛了長凳出城看熱鬧的皆已陸續扛了過凳子回家。潭中的鴨子只剩下三五隻，捉鴨人也漸漸的少了。

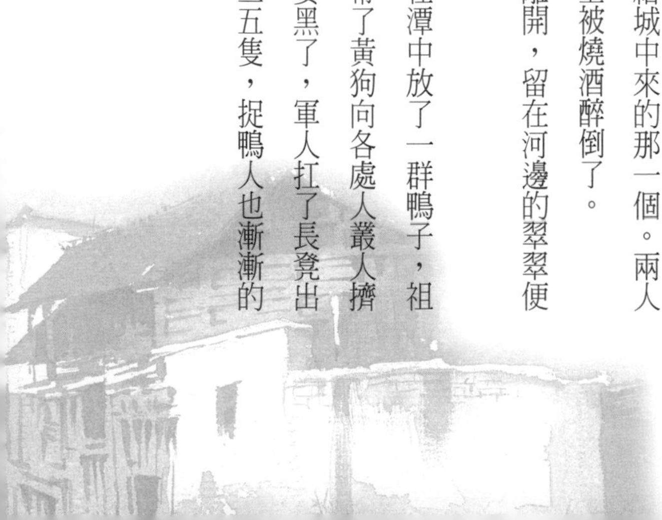

落日向上游翠翠家中那一方落去，黃昏把河面裝飾了一層薄霧。翠翠望到這個景致，忽然起了一個怕人的想頭，她想：「假若爺爺死了？」

她記起祖父囑咐她不要離開原來地方那一句話，便又爲自己解釋這想頭的錯誤，以爲祖父不來必是進城去或到什麼熟人處去，被人拉著喝酒，故一時不能來的。正因爲這也是可能的事，她又不願在天未斷黑以前，同黃狗趕回家去，只好站在那石碼頭邊等候祖父。

再過一會，對河那兩隻長船已泊到對河小溪裡去，不見了，看龍船的人也差不多全散了。弔腳樓有娼妓的人家已上了燈，且有人敲小斑鼓彈月琴唱曲子。另外一些人家又有猜拳行酒的吵嚷聲音。同時停泊在弔腳樓下的一些船隻，上面也有人在擺酒炒菜，把青菜蘿蔔之類倒進滾熱油鍋裡去時發出沙——的聲音。河面已朦朦朧朧，看去好像只有一隻只鴨在潭中浮著，也只剩一個人追著這隻鴨子。

翠翠還是不離開碼頭，總相信祖父會來找她一起回家。

弔腳樓上唱曲子聲音熱鬧了一些，只聽到下面船上有人說話。一個水手說：「金亭，你聽那婊子陪川東莊客喝酒唱曲子，我賭個手指，說這是她的聲音！」另外一個水手就說：「她陪他們喝酒唱曲子，心裡可想我。她知道我在船上！」先前那一個又說：「身體讓別人玩著，心還想著你！你有什麼憑據？」另一個說：「我有憑據。」

於是這水手吹唿哨，作出一個古怪的記號。一會兒，樓上歌聲便停止了。兩個水手皆笑了。兩人接著便說了些關於那個女人的一切，使用了不少粗鄙字眼。

翠翠不很習慣把這種話聽下去，但又不能走開。且聽水手之一說樓上婦人的爸爸是在棉花坡被人殺死的，一共殺了十七刀，翠翠心中那個古怪的想頭：「爺爺死了呢？」便仍然佔據到心裡有一會兒。

兩個水手還正在談話，潭中那隻白鴨慢慢的向翠翠所在的碼頭邊游過來。翠翠想：「再過來些我就捉住你！」於是靜靜的等著。

但那鴨子將近岸邊三丈遠近時，卻有個人笑著，喊那船上水手。原來水中還有個人，那人已把鴨子捉道：「二老，二老，你眞能幹！你今天得了五隻罷！」那水上人說：「這傢伙狡猾得很，現在可歸我了。」「你這時捉鴨子，將來捉女人，一定有同樣的本領。」水上那一個不再說什麼，手腳並用的拍著水傍了碼頭。濕淋淋

的爬上岸時，翠翠身旁的黃狗彷彿警告水中人似的，汪汪的叫了幾聲，那人方注意到翠翠。

碼頭上已無別的人，那人問：

「是誰人？」

「是翠翠！」

「翠翠又是誰？」

「是碧溪岨撐渡船的孫女。」

「你在這兒做什麼？」

「等他來他可不會來。你爺爺一定到城裡軍營裡喝了酒，醉倒後被人抬回去了！」

「他不會這樣子！他答應來找我，他就一定會來的。」

「這裡等也不成！到我家裡去，到那邊點了燈的樓上去，等爺爺來找你好不好？」

翠翠誤會了邀他進屋裡去那個人的好意，心裡記著水手說的婦人醜事，她以爲那男子就是要她上有女人唱歌的樓上去，本來從不罵人，這時正因等候祖父太久了，心中焦急得很，聽人要她下去，以爲欺侮了她，就輕輕的說：

「悖時砍腦殼的！」

話雖輕輕的，那男的卻聽得出，且從聲音上聽得出翠翠年紀，便帶笑說：「怎麼，你罵人！你不願意上去，要耽在這兒，回頭水裡大魚來咬了你，可不要叫喊！」

翠翠說：「魚咬了，我也不管你的事。」

那黃狗好像明白翠翠被人欺侮了，又汪汪的吠起來。那男子把手中白鴨舉起，向黃狗嚇了一下，便走上河街去了。黃狗爲了自己被欺侮還想追過去，翠翠便喊：「狗，狗，你叫人也看人叫！」翠翠意思彷彿只在告訴狗「那輕薄男子還不值得叫」，但男子聽去的卻是另外一種好意，男的以爲是她要狗莫向好人亂叫，放肆的笑著，不見了。

又過了一陣，有人從河街拏了一個廢纜做的火炬，喊叫著翠翠的名字來找尋她，到身邊時翠翠卻不認識那個人。那人說：老船夫回到家中，不能來接她，故搭

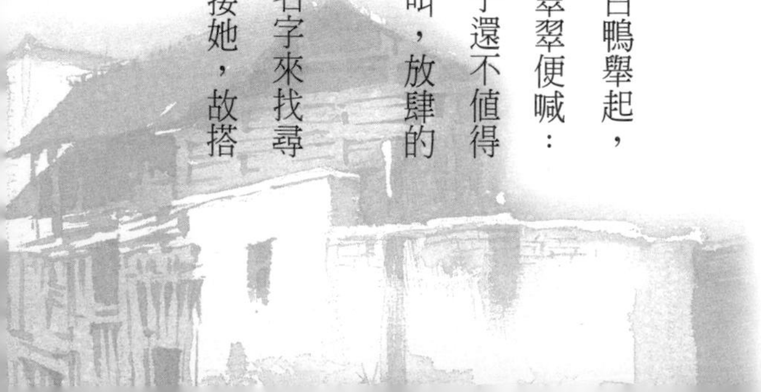

了過渡人口信來告翠翠要她即刻就回去。

翠翠聽說是祖父派來的，就同那人一起回家，讓打火把的在前引路，黃狗時前時候，一同沿了城牆向渡口走去。翠翠一面走一面問那拿火把的人，是誰告他就知道她在河邊。那人說這是二老告他的，他是二老家裡的夥計，送翠翠回家後還得回轉河街。

翠翠說：「二老他怎麼知道我在河邊？」

那人便笑著說：「他從河裡捉鴨子回來，在碼頭上見你，他好意請你上家裡坐坐，等候你爺爺，你還罵過他！你那隻狗不識呂洞賓，只是叫！」

翠翠帶了點兒驚訝，輕輕地問：「二老是誰？」

那人也帶了點兒驚訝說：「二老你還不知道？就是我們河街上的儺送二老！就是岳雲！他要我送你回去！」

儺送二老在茶峒地方不是一個生疏的名字！

翠翠想起自己先前罵人那句話，心裡又喫驚又害羞，再也不說什麼，默默的隨了那火把走去。

翻過了小山岨，望得見對溪家中火光時，那一方面也看見了翠翠方面的火把，老船夫即刻把船拉過來，一面拉船一面啞聲兒喊問：「翠翠，翠翠，是不是你？」

翠翠不理會祖父，口中卻輕輕的說：「不是翠翠，不是翠翠，翠翠早被大河裡鯉魚喫去了。」

翠翠上了船，二老派來的人打著火把走了，祖父牽著船問：「翠翠，你怎麼不答應我？生我的氣了嗎？」

翠翠站在船頭還是不作聲。翠翠對祖父那一點兒埋怨，等到把船拉過了溪，一到了家中，看明白了醉倒的另一個老人後，就完事了。但另一件事，屬於自己不關祖父的，卻使翠翠沈默了一個夜晚。

5

兩年日子過去了。

這兩年來兩個中秋節，恰好無月亮可看，凡在這邊城地方，因看月而起整夜男女唱歌的故事，皆不能如期舉行，故兩個中秋留給翠翠的印象，極其平淡無奇。

兩個新年雖照例可以看到軍營裡與各鄉來的獅子龍燈，在小教場迎，鑼鼓喧闐很熱鬧，到了十五夜晚，城中舞龍耍獅子的鎮筸兵士還各自赤裸著肩膊，往各處去歡迎炮仗煙火。城中軍營裡稅關局長公館，河街上一些大字號，莫不頭先截老毛竹筒，或鏤空棕櫚根樹株，用洞硝拌和礦炭鋼砂，一千搥八百搥把煙火做好。好勇取樂的軍士，光赤著個上身，玩著燈打著鼓來了，小鞭炮如落雨的樣子，從懸到長竿尖端的空中落到玩燈的肩背上，鑼鼓催動急促的拍子，大家皆爲這事情十分興奮。

鞭炮放過一陣後，用長凳腳綁著的大筒煙火，在敞坪一端燃起了引線，先是哃喲的流瀉白光，慢慢的這白光便吼嘯起來，作出如雷如虎驚人的聲音。白光向上空衝去，高至二十丈，下落時便灑散著滿天花雨。玩燈的兵士。在火花中繞著圈子，儼然毫不在意的樣子。

翠翠同他的祖父也看過這樣的熱鬧，留下一個熟的印象，但這印象不知爲什麼原因，總不如那個端午所經過的事情甜而美。

翠翠爲了不能忘記那件事，上年一個端午又同祖父到邊城河街去看了半天船，一切玩得正好時，忽然落了行雨，無人衣衫不被雨濕透。爲了避雨，祖孫二人同那隻黃狗走到順順弔腳樓上去，擠在一角隅裡。有人扛凳子從身邊過去，翠翠認得那人正是去年打了火把送她回家的人，就告訴祖父：

「爺爺，那個人去年送我回家，他拏了火把走路時，眞像嘍囉！」

祖父當時不作聲，等到那人回頭又走過面前時，就一把抓住那個人，笑嘻嘻地說：

「嗨嗨，你這個嘍囉！要你到我家喝一杯也不成，還怕酒裡有毒，把你這個眞命天子毒死！」

那人一看是守渡船的，且看到了翠翠，就笑了。

「翠翠，你長大了！二老說你在河邊大魚會喫你，我們這裡河中的魚，現在吞不下你了。」

翠翠一句話不說，只是抿起嘴唇笑著。

這一次雖在這嘍囉長年口中聽到「二老」名字，卻不曾見及這個人。從祖父與那長年談話裡，翠翠聽明白了二老是在下游六百里外青浪灘過端午的。但這次不見二老卻認識了「大老」，且見著了那個一地出名的順順。大老把河中的鴨子捉回家裡後，因爲守渡船的老傢伙稱讚了那隻肥鴨兩次，順順便要大老把鴨子給翠翠。且知道祖孫二人所過的日子十分拮据，節日裡自己不能包粽子，又送了許多三角粽。

那水上名人同祖父談話時，翠翠雖裝作眺望河中景致，耳朵卻把每一句話聽得清清楚楚。那人向祖父說翠翠長得很美，問過翠翠年紀，又問有不有人家。祖父則很快樂的誇獎了翠翠不少，且似乎不許別人來關心翠翠的婚事，故一到這件事便閉口不談。

回家時，祖父抱了那隻白鴨子同別的東西，翠翠打火把引路。兩人沿城牆腳走去，一面是城，一面是水。祖父說：「順順眞是個好人，大方得很。大老很好。這一家人都好！」

翠翠說：「一家人都好！你認識他們一家嗎？」

祖父不明白這句話的意思所在，因爲今天太高興一點，便笑著說：「翠翠，假若大老要你做媳婦，請人來做媒，你答應不答應？」

翠翠就說：「爺爺，你瘋了！再說我就生你的氣！」

祖父話雖不再說了，心中卻很顯然的還轉著這可笑的不好的念頭。翠翠著了惱，把火炬向路兩旁亂晃著，向前快快的走去了。

「翠翠，莫鬧，我摔到河裡去，鴨子會走脫的！」

「誰也不希罕那隻鴨子！」

祖父明白翠翠爲什麼事不高興，便唱起搖艣人駛船下灘時催艣的歌聲，聲音雖然啞沙沙的，字眼兒卻穩穩當當毫不含糊。翠翠一面聽著一面向前走去，忽然停住了發問：

「爺爺，你的船是不是正在下青浪灘呢？」

祖父不說什麼，還是唱著。兩人皆記起順順家二老的船正在青浪灘過節，但誰也不明白另外一個人的記憶所止處。祖孫二人便沈默的一直走還家中。到了渡口，那代理看船的正把船泊岸邊等候他們。幾人渡過溪到了家剝粽子喫，到後那人要進城去，翠翠趕即爲那人點上火把，讓他有火把照路。人過了小溪上小山時，翠翠同祖父在船上望著。翠翠說：

「爺爺，看嘍囉上山了啊！」

祖父把手攀引著橫纜，注目溪面升起的薄霧，彷彿看到了什麼東西，輕輕的吁了一口氣。祖父靜靜的拉船過對岸家邊時，要翠翠先上岸去，自己卻守在船邊。因爲過節，明白一定有鄉下人從城裡看龍船，還得乘黑趕回家鄉。

6

白日裡，老船夫正在渡船上，同個賣皮紙的過渡人有所爭持。一個不能接受所給的錢，一個卻非把錢送給老人不可。正似乎因爲那個過渡人送錢氣派，使老船夫受了點壓迫，這撐渡船人就儼然生氣似的，迫著那人把錢收回，使這人不得不把錢捏在手裡。

但船攏岸時，那人跳上了碼頭，一手銅錢向船艙一撒，卻笑咪咪的匆匆忙忙走了。老船夫還得拉著船讓別一個人上岸，無法去追趕那個人，就喊小山頭的孫女：

「翠翠，翠翠，爲我拉著那個賣皮紙的夥子，不許他走！」

翠翠不知道是怎麼回事，當眞便同黃狗去攔著那第一個下山人。

那人笑著說：

「不要攔我！……」

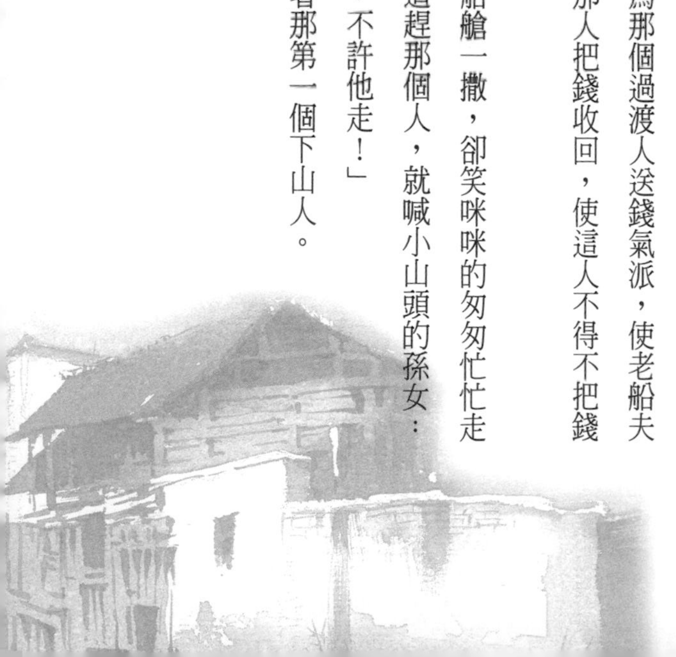

正說著，第二個商人趕來了，就告訴翠翠是什麼事情。翠翠明白了，更緊拉著賣紙人衣服不放，只說：「不許走！不許走！」

黃狗爲了表示同主人意見一致，也便在翠翠身邊汪汪的吠著。其餘商人皆笑著，一時不能走路。

祖父氣吁吁的趕來了，把錢強迫塞到那人手心裡，且塔了一大束草煙到那商人的擔子上去，搓著兩手笑著說：「走呀！你們上路走！」那些人於是全笑著走了。

翠翠說：「爺爺，我還以爲那人偷你東西，同你打架！」

祖父就說：

「他送我好些錢，我才不要這些錢！告他不要錢，他還同我吵，不講道理！」

翠翠說：「全還給了他嗎？」

祖父抿著嘴把頭搖搖，閉上一隻眼睛，裝成狡猾得意神氣笑著，把扎在腰帶上留下的那枚單銅子取出，送給翠翠。且說：

「他得了我們那把煙葉可以喫到鎮筸城！」

遠遠鼓聲又蓬蓬的響起來了，黃狗張著兩眼耳朵聽著。翠翠問祖父，聽不聽到什麼聲音。祖父一注意，知道是什麼聲音了，便說：

「翠翠，端午又來了。你記不記得去年天保大人送你那隻肥鴨子。早上大老同一群人上川東去，過渡還問你。你一定忘記那次落的行雨。我們這次若去，又得打火把回家。你記不記得我們兩人用火把照路回家？」

翠翠還正想起兩年前的端午一切事情哪。但祖父一問，翠翠卻微帶點兒著惱的神氣，把頭搖搖，故意說：「我記不得，我記不得，我全記不得！」其實她那意思就是：「我怎麼記不得？」

祖父明白那話裡意思，又說：「前年還更有趣，你一個人在河邊等我，差點兒不知道回來，天夜了，我還以爲大魚會喫掉你！」

提起舊事，翠翠嗤的笑了。

「爺爺，你還以爲大魚會喫掉我？是別人家說我，我告訴你的！你那天只是恨不得讓城中的那個爺爺把裝酒的葫蘆喫掉！你這種人，好記性！」

「我人老了，記性也壞透了。翠翠，現在你人長大了，一個人一定敢上城去看船，不怕魚喫掉你了。」

「人大了就應當守船呢。」

「人老了才應當守船。」

「人老了應當歇憩！」

「你爺爺還可以打老虎，人不老！」祖父說著，於是，把膀子彎曲起來，努力使筋肉在局束中顯得又有力又年輕，且說：「翠翠，你不信，你咬。」

翠翠睨著腰背微駝的祖父，不說什麼話。遠處有吹嗩吶的聲音，她知道那是什麼事情，且知道嗩吶方向。要祖父同她下了船，把船拉過家中那邊岸旁去。爲了想早早的看到那迎婚送親的喜轎，翠翠還爬到屋後塔眺望。

過不久，那一夥人來了，兩個吹嗩吶的，四個強壯鄉下漢子，一頂空花轎，一個穿新衣的團總兒子模樣的青年，另外還有兩隻羊，一個牽牛的孩子，一罈酒，一盒糍糖，一個擔禮物的人。

一夥人上了渡船後，翠翠同祖父也上了渡船，祖父拉船，那翠翠卻傍花轎站定，去欣賞每一個人的臉色與花轎上的流蘇。攏岸後，團總兒子模樣的人從扣花抱肚裡掏出了一個小紅紙包封，遞給老船夫。這是當地規矩，祖父再不能說不接收了。但得了錢祖父卻說話了，問那個人，新娘是什麼地方人，明白了，又問姓什麼，明白了，又問多大年紀，一起皆弄明白了，吹嗩吶的一上岸後又把嗩吶嗚嗚喇喇吹起來，一行人便翻山走了。

祖父同翠翠留在船上，感情彷彿皆追著那嗩吶聲音走去，走了很遠的路方回到自己身邊來。

祖父掂著那紅紙包封的分量說：「翠翠，宋家堡子裡新嫁娘年紀還只十五歲。」

翠翠明白祖父這句話的意思所在，不作理會，靜靜的船拉動起來。

到了家邊，翠翠跑還家中去取小小竹子做的雙管嗩吶，請祖父坐在船頭吹「娘送女」曲子給她聽，她卻同黃狗躺到門前大岩石上蔭處看天上的雲。白日漸長，什麼時節，祖父睡著了，翠翠同黃狗也睡著了。

7

到了端午。祖父同翠翠在三天前業已預先約好，祖父守船，翠翠同黃狗過順順弔腳樓去看熱鬧。翠翠先不答應，後來答應了。但過了一天，翠翠又翻悔回來，以爲要看兩人去看，要守船兩人守船。祖父明白那個意思，是翠翠心與愛心相戰爭的結果。爲了祖父的牽絆，應當玩的也無法去玩，這不成！祖父含笑說：「翠翠，你這是爲什麼？說定了的又翻悔，同茶峒人平素品德不相稱。我們應當說一是一，不許三心二意。我記性並不壞到這樣子，把你答應了我的即刻忘掉！」

祖父雖那麼說，很顯然的事，祖父對於翠翠的打算是同意的。但人太乖巧，祖父有點愀然不樂了。見祖父不再說話，翠翠就說：「我走了，誰陪你？」

祖父說：「你走了，船陪我。」

翠翠把一對眉毛皺攏去苦笑著：「船陪你，嗨，嗨，船陪你。」

祖父心想：「你總有一天會要走的！」但不敢提起這件事。祖父一時無話可說，於是走過屋後塔下小圃裡去看蔥。翠翠跟過去。

「爺爺，我決定不去。要去讓船去，我替船陪你！」

「好，翠翠，你不去我去。我還得戴了朵紅花，裝老太婆去見識面！」

兩人皆爲這句話笑了許久。所爭持的事，不求結論了。

祖父理蔥，翠翠卻摘了一根大蔥吹著。有人在東岸喊過渡，翠翠不讓祖父佔先，便忙著跑下去，跳上了渡船，援著橫溪纜子拉船過溪去接人。一面拉船一面喊祖父：「爺爺，你唱，你唱！」

祖父不唱，卻只站在高岩上望翠翠，把手搖著，一句話不說。

祖父有點心事。

翠翠一天比一天大了，無意中提到什麼時，會紅臉了。時間在成長她，似乎正催促她，使她在另外一件事情上負點兒責。她歡喜看撲粉滿臉的新嫁娘，歡喜述說關於新嫁娘的故事，歡喜把野花戴到頭上去，還歡喜聽人唱歌。茶峒人的歌聲，纏綿處她已領略得出。她有時彷彿孤獨了一點，愛坐在岩石上去，向天空一片雲一顆

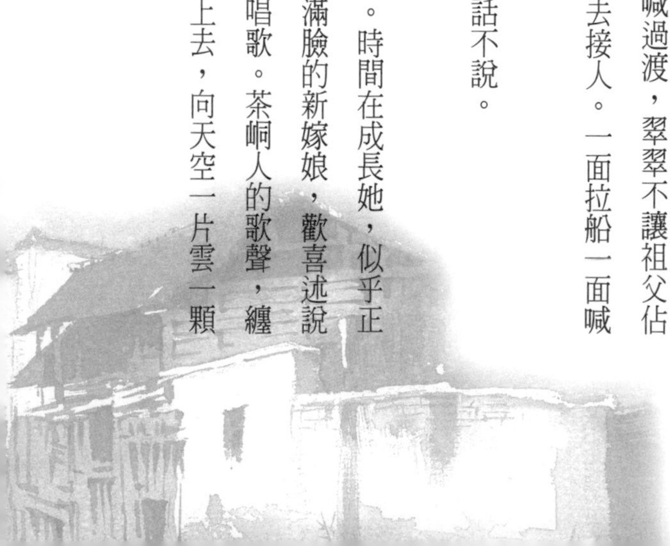

星凝眸。祖父若問：「翠翠，想什麼？」她便帶著點兒害羞情緒，輕輕的說：「翠翠不想什麼。」

但在心裡卻同時又自問：「翠翠，你想什麼？」同時自己也就在心裡答著：「我想的很遠，很多。可是我不知想些什麼！」她的確在想，又的確連自己也不知在想些什麼。這女孩子身體既發育得很完全，在本身上因年齡自然而來的一件「奇事」到月就來，也使她多了些思索。

祖父明白這類事情對於一個女子的影響，祖父心情也變了些。祖父是一個在自然裡活了七十年的人，但在人事上的自然現象，就有了些不能安排處。因爲翠翠的長成，使祖父記起了些舊事，從掩埋在一大堆時間裡的故事中重新找回了些東西。

翠翠的母親，某一時節原同翠翠一個樣子。眉毛長，眼睛大，皮膚紅紅的。也乖得使人憐愛——也懂在一些小處，起眼動眉毛，機伶懂事，使家中長輩快樂。也彷彿永遠不會同家中這一個分開。但一點不幸來了，她認識了那個兵。到末了丟開老的和小的，卻陪了那個兵死了。

這些事從老船夫說來誰也無罪過，只應「天」去負責。翠翠的祖父口中不怨天，心中卻不能完全同意這種不幸的安排。到底還像年輕人，說是放下了，也正是不能放下的莫可奈何容忍到的一件事！

並且那時有個翠翠。如今假若翠翠又同媽媽一樣，老船夫的年齡，還能把小雛兒再撫育下去嗎？人願意的事神卻不同意！人太老了，應當休息了，凡是一個良善的中國鄉下人，一生中生活下來所應得到的勞苦與不幸，業已全得到了。假若另外高處有一個上帝，這上帝且有一雙手支配一切，很明顯的事，十分公道的辦法，是應當把祖父先收回去，再來讓那個年輕的在新的生活上得到應接受的那一分。

可是祖父並不那麼想。他爲翠翠擔心。有時便躺在門外岩石上，對著星子想他的心事。他以爲死是應當快到了的，正因爲翠翠人已長大了，證明自己也眞正老了。可是無論如何，得讓翠翠有個著落。翠翠既是她那可憐的母親交給他的，翠翠大了，他也得把翠翠交給一個人，他的事才算完結！翠翠應分交給誰？必需什麼樣的人方不委屈她？

前幾天順順家天保大老過溪時，同祖父談話。這心直口快的青年人第一句話說說：「老伯伯，你翠翠長得眞標緻，像個觀音樣子，再過兩年，若我有閒空能留在

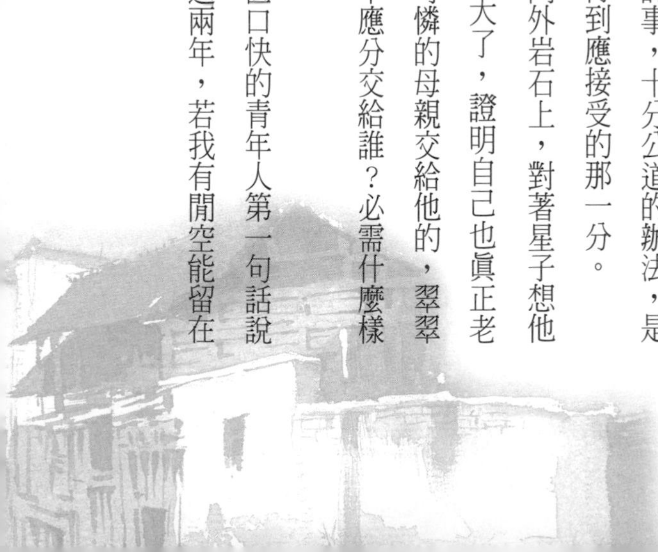

茶峒照料事情，不必像老鴉成天到處飛，我一定每夜到這溪邊來爲翠翠唱歌。」

祖父用微笑獎勵這種自白。一面把船拉動，一面把那雙小眼睛瞅著大老。意思好像說，你的傻話我全明白，我不生氣，你儘管說下去，看你還有什麼要說。

於是大老又說：

「翠翠太嬌了，我擔心她只宜聽點茶峒人的歌聲，不能作茶峒女子做媳婦的一切正經事。我要個能聽我唱歌的情人，卻更不能缺少個照料家務的媳婦。『又要馬兒不喫草，又要馬兒走得好。』唉！這兩句話恰是古人爲我說的。」

祖父慢條斯理把船轉了頭，讓船尾傍岸，就說：

「大老，也有這種事兒！你瞧著罷。」

那青年走去後，祖父溫習著那些出於一個男子口中的眞話，實在又愁又喜。翠翠若應當交把一個人，這個人是不是適宜於照料翠翠？當眞交把了他，翠翠是不是願意？

8

初五大清早落了點毛毛雨，河上游且漲了點「龍船水」，河水已變作豆綠色。祖父上城買辦過節的東西，戴了個粽粑葉「斗篷」，攜帶了一個籃子，一個裝酒的大葫蘆，肩頭上掛了個褡褳，其中放了一弔六百制錢，就走了。

因爲是節日，這一天從小村小寨帶了銅錢，擔了貨物上城去辦貨掉貨的極多，這些人起身也極早，故祖父走後，黃狗就伴同翠翠守船。翠翠頭上戴了一個嶄新的斗篷，把過渡人一趟一趟的來送去。黃狗坐在船頭，每當船攏岸時必先跳上岸邊去銜繩頭，引起每個過渡人的興味。有些過渡鄉下人也攜了狗上城，照例如俗話說的「狗離不得屋」，這些狗一離了自己的家，即或傍著主人，也變得非常老實了，到過渡時，翠翠的狗必走過去嗅嗅，從翠翠方面討取了一個眼色，似乎明白翠翠的意思，就不敢有什麼舉動。直到上岸後，把拉繩子的事情作完，眼見那隻陌生的狗上小山去了，也必跟著追去。或者向狗主人輕輕吠著，接著逐著那陌生的狗，必得翠翠帶點兒嗔惱的嚷著：「狗，狗，你狂什麼？還有事情做，你就跑呀！」於是這黃狗趕快跑回船上來，依然滿船聞嗅不已。翠翠說：「這算什麼輕狂舉動？跟誰學得的？還不好好蹲到那邊去！」狗儼然極其懂事，便即刻到牠自己原來地方去，只間或又想像起什麼心事似的，輕輕的吠幾聲。

雨落個不止，溪面一片煙。翠翠在船上無事可作時，便算著老船夫的行程。她知道他這一去應在什麼地方碰到什麼人，談些什麼話，這一天城門邊應當是些什麼情形，河街上應當是些什麼情形，「心中一本冊」，她完全如同親眼見到的那麼明明白白。她又知道祖父的脾氣，一見城中相熟糧子上人物，不管是馬夫火夫，總會把過節時應有的頌祝說出。這邊說：「副爺，你過節喫飽喝飽！」那一個便也將說：「划船的，你喫飽喝飽！」這邊如果說著些上的話，那邊人說：「有什麼可以喫飽喝飽？四兩肉，兩碗酒，既不會飽也不會醉！」

那麼，祖父必很誠實邀請這熟人過碧溪岨喝個夠量。倘若有人當時就想喝一口祖父葫蘆中的酒，這老船夫也從不吝嗇，必很快的就把葫蘆遞過去。酒喝過後，那兵營中人捲舌子舐著嘴唇，稱讚酒好，於是又必被勒迫著喝第二口。酒在這種情形下少起來了，就又跑到原來鋪上去，加滿爲止。

翠翠且知道祖父還會到碼頭上去同剛攏岸一天二天的上水船手談談話，問問下河的米價鹽價，有時且彎著腰，鑽進那帶有海帶魷魚味，以及其他油味、醋味、柴煙味的船艙裡去，水手們從小罈中掀出一把紅棗，遞給老船夫，過一陣，等到祖父回家被翠翠埋怨時，這紅棗便作爲祖父與翠翠和解的工具。

祖父一到河街上，且一定有許多舖子上商人送他粽子與其他東西，作爲對這個忠於職守的划船人一點敬意。祖父雖嚷著：「我帶了那麼一大堆，回去會把老骨頭壓斷！」可是不管如何，這些東西多少總得領點情。

走到賣肉案桌邊去，他想「買肉」，人家卻照例不願接錢。屠戶若不接錢，他卻寧可到另外一家去，決不想沾那點便宜。那屠戶說：「爺爺，你爲人那麼硬算計麼？又不是要你去做犁口耕田！」但不行，他以爲這是血錢，不比別的事情，你不收錢他會把錢頂先算好，猛的把錢擲到大而長的錢筒裡去，攫了肉就走去的。賣肉的明白他那種性情，到他稱肉時總選取最好的一處，且把分量故意加多。他見及時

卻將說：「喂喂，大老闆，我不要你那些好處！腿上的肉是城裡人炒鰌魚肉絲用的肉，莫同我開玩笑！我要夾項肉，我要濃的、糯的，我是個划船人，我要拿去燉葫蘿蔔喝酒的！」

得了肉，把錢交過手時，自己先數一次，又囑咐屠戶再數。屠戶卻照例不理會他，把一手錢嘩的筒長竹筒口丟去。他於是簡直是嫵媚的微笑著走了。屠戶與其他買肉的人見到他這種神氣，必笑個不止……

翠翠還知道祖父必到河街上順順家裡去。

翠翠溫習著兩次過節兩個日子所見所聞的一切，心中很快樂，好像目前有一個東西，同早間在床上閉了眼睛所見到那種捉摸不定的黃葵花一樣，這東西彷彿很明朗的在眼前，卻看不準，抓不住。

翠翠想：「白雞關眞出老虎嗎？」她不知道爲什麼忽然想起白雞關。白雞是酉水中部一個地名，離茶峒兩百多里路！

於是又想：「三十二個人搖六匹櫓，水上走風時張起個大篷，一百幅白布拼成的一片東西，坐在這樣大船上過洞庭湖，多可笑……」她不明白洞庭湖有多大，也就從不見過這種大船。更可笑的，還是她自己也不知道爲什麼卻想起這個問題！

一群過渡人來了，有擔子，有送公事跑差模樣的人物，另外還有母女二人。母親穿了新漿洗得硬朗的藍布衣服，女孩子臉上塗著兩餅紅色，穿了不甚稱身的新衣，上城到親戚家中去拜節看龍船的。

等待衆人上船穩定後，翠翠一面望著那個小女孩，一面把船拉過溪去。那小孩從翠翠估來年紀也將十二歲了，神氣卻很嬌，似乎從不離開過母親。腳下穿得是一雙尖尖頭新油過的釘鞋，上面沾污了些黃泥，褲子是那種翻紫的蔥綠布做的。見翠翠儘是望她，她也便看著翠翠，眼睛光如同兩粒水晶球。神氣中有點害羞，有點不自在，同時也有點不可言說的愛好。那母親模樣的婦人便問翠翠，年紀有幾歲。翠翠笑著，不高興答應，卻反問小女孩今年幾歲。聽那母親說十三歲時，翠翠忍不住笑了。那母女顯然是財主人家的妻女，從神氣上就可看出的。翠翠注視那女孩，發現了女孩子手上還帶著得有一副麻花鉸的銀手鐲，閃著白白的亮光，心中有點兒歆羨。

船傍岸後，人陸續上了岸，婦人從身上摸出一把銅子，塞到翠翠手中，就走

了。翠翠當時竟忘了祖父的規矩，也不說道謝，也不把錢退還，只望著這一行人中那個女孩子身後發癡。一行人正將翻過小山時，翠翠忽又忙匆匆的追上去，在山頭上把錢還給那婦人。那婦人說：「這是送你的！」

翠翠不說什麼，只微笑把頭儘搖，表示不能接受，且不等婦人來得及說第二句話，就很快的向自己渡船邊跑去了。

到了渡船上，溪那又有人喊過渡，翠翠把船又拉回去。第二次過渡是七個人，又有兩個女孩子，也同樣因爲看龍船特意換了乾淨衣服，像貌卻並不如何美觀，因此使翠翠更不能忘記先前那一個。

今天過渡的人特別多，其中女孩子比平時更多，翠翠既在船上拉纜子擺渡，故見到什麼好看的、極古怪的、人乖的、眼睛眶子紅紅的，莫不在記憶中留下個印象。無人過渡時，等著祖父祖父又不來，便儘只反覆溫習這些女孩子的神氣，且輕輕的無所謂的唱著：

「白雞關出老虎咬人，不咬別人，團總的小姐派第一……大姐戴副金簪子，二姐戴副銀釧子，只有我三妹莫得什麼戴，耳朵上長年戴條豆芽菜。」

城中有人下鄉的，在河街上一個酒店前面，曾見及那個撐渡船的老頭子把葫蘆嘴推讓一個年輕水手，請水手喝他新買的白燒酒。翠翠問及時，那城中人就告訴她所見到的事情。翠翠笑祖父的慷慨不是時候，不是地方。過渡人走了，翠翠就在船上又輕輕哼著巫師迎神的歌玩：

你大仙，你大神，睜眼看看我們這裡人！
他們既誠實，又年輕，又身無疾病，
他們大人會喝酒，會作事，會睡覺，
他們孩子能長大，能耐飢，能耐冷，
他們牯牛肯耕田，山羊肯生存，雞鴨肯孵卵，
他們女人會養兒子，會唱歌，會找她心中歡喜的情人！
你大神，你大仙，排駕前來站兩邊！
關夫子身跨赤兔馬，
尉遲公手拏大鐵鞭！

你大仙，你大神，雲端下降慢慢行！
張果老驢上得坐穩，
鐵拐李腳下要小心！

福祿綿綿是神恩，
和風和雨神好心，
好酒好飯當前陳，
肥豬肥羊火上烹！

洪秀全，李鴻章，
你們在生是霸王，
殺人放火，盡節全忠各有道，
今來坐席又何妨！
慢慢喫，慢慢喝，

月白風清好過河！
醉時攜手同歸去，
我當為你再唱歌！

那首歌聲音既極柔和，快樂中又微帶憂鬱。唱完了這歌，翠翠心中覺得有一絲兒淒涼。她想起秋末酬神還願時，田坪中的火燎同鼓角。

遠處鼓聲已起來了，她知道繪有朱紅長線的龍船這時節已下河了。細雨還依然落個不止，溪面一片煙。

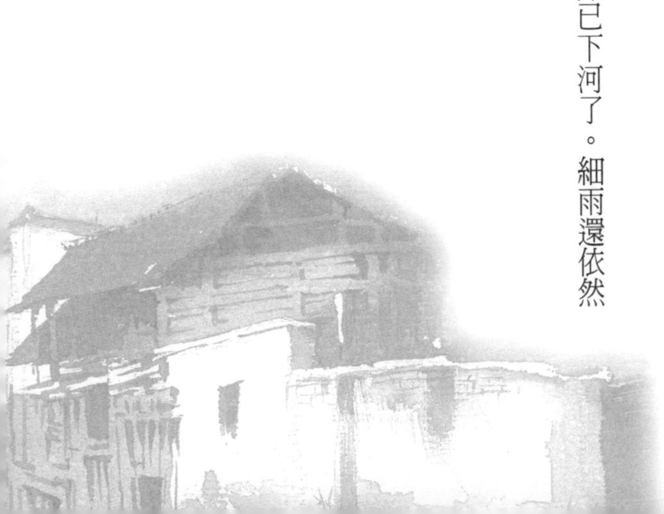

9

祖父回家時，大約已將近平常喫早飯時節了，肩上手上全是東西，一上小山頭便喊翠翠，要翠翠拉船過小溪來迎接他。翠翠眼看到多少人皆進了城，正在船上急得莫可奈何，聽到祖父的聲音，精神旺了，銳聲答著：「爺爺，爺爺，我來了！」

老船夫從碼頭邊上渡船後，把肩上的東西擱到船頭上，一面幫著翠翠拉船，一面向翠翠笑著，如同一個小孩子，神氣流滿了謙虛與羞怯。「翠翠，你急壞了，是不是？」

翠翠本應埋怨的，但她卻回答說：「爺爺，我知道你在河街上勸人喝酒，好玩得很。」翠翠還知道祖父極高興到河街上去玩，但如此說來，將更使祖父害羞亂嚷了，故不提出。

翠翠把擱在船頭的東西一一估記在眼裡，不見了酒葫蘆。翠翠嗤的笑了。

「爺爺，你倒大方，請副爺同船上人喫酒，連葫蘆也讓他們喫到肚裡去了！」

祖父笑著忙作說明：

「哪裡，哪裡！我那葫蘆被順順大哥扣下了。他見我在河街上請人喝酒，就說：『喂，喂，擺渡的張橫，這不成的！你不開糟坊，如何這樣子。你要作仁義大哥梁山好漢，把你那個放下來，請我全喝了罷！』他當眞那麼說：『請我全喝了罷！』我把葫蘆放下了。但我猜想他是同我鬧著玩的。他家裡還少燒酒嗎？翠翠，你說，是不是？……」

「爺爺，你以爲人家眞想喝你的酒，便是同你開玩笑嗎？」

「那是甚麼的？」

「你放心！人家一定因爲你請客不是地方，所以扣下你的葫蘆，不要你請人把酒喝完。等等就會派毛夥爲你送來的。你還不明白，眞是——」

「唉！當眞會是這樣的。」

說著船已攏了岸。翠翠搶先幫祖父搬東西回家，但結果卻只拿了那尾魚，那個花褡褳。褡褳中錢已用光了，卻有一包白糖，一包芝麻小餅子。

兩人剛把新買的東西搬運到家中，對溪就有人喊過渡。祖父要翠翠看著肉菜免得被野貓拖去，爭先下溪去做事，一會兒，便同那個過渡人嚷著到家中來了。原來這人便是送酒葫蘆的。只聽到祖父說：「翠翠，你猜對了，人家當眞把酒葫蘆送來了！」

翠翠來不及向灶邊走去，祖父同一個年紀輕輕的、臉黑肩寬的人物，便進到屋裡了。

翠翠同客人皆笑著，讓祖父把話說下去。客人又望著翠翠笑。翠翠彷彿明白爲什麼被人望著，有點不好意思起來，走到灶邊燒火去了。溪邊又有人喊過渡，翠翠趕忙跑出門外船上去，把人渡過了溪。恰好又有人過溪。天雖落小雨，過渡人卻分外多，一連三次。

翠翠在船上一面作事一面想起祖父的趣處。不知怎麼的，從城裡被人打發來送酒葫蘆的，她覺得好像是個熟人。可是眼睛裡像是熟人，卻不明白在什麼地方見過面。但也正像是不肯把這人想到某方面去，方猜不著這來人的身分。

祖父在岩坎上邊喊：「翠翠，翠翠，你上來歇歇，陪陪客！」

本來無人過渡便想上岸去燒火，但經祖父一喊，反而不上岸了。

來客問祖父：「進不進城看船？」

老渡船夫就說：「應當看守渡船。」兩人又談了些別的話。

到後來客方言歸正傳：

「伯伯，你翠翠像個大人了，長得很好看！」

撐渡船的笑了。「口氣同哥哥一樣，倒爽快呢！」這樣想著，卻那麼說：「二老，這地方配受人稱讚的只有你，人家都說你好看！『八面山的豹子，地地溪的錦雞』，全是特爲頌揚你這個人好處的警句！」

「但是，這很不公平。」

「很公平的！我聽著船上人說，你上次押船，船到三門下面白雞關灘口出了事，從急浪中你援救過三個人。你們在灘上過夜，被村子裡女人見著了，人家在你棚子邊唱一整夜。是不是眞有其事？」

「不是女人唱歌一夜，是狼嗥。那地方著名多狼，只想得機會喫我們！我們燒了一大堆火，嚇住了牠們，才不被喫！」

老船夫笑了，「那更妙！人家說的話還是很對的。狼是只喫姑娘，喫小孩，喫十八歲標緻青年的。像我這種老骨頭，牠不要喫，只嗅一嗅就會走開的！」

那二老說：「伯伯，你到這裡見過兩萬個日頭，別人家全說我們這個地方風水好，出大人，不知爲什麼原因，如今還不出大人？」

「你是不是說風水好應出有大名頭的人？我以爲這種人不生在我們這個小地方，也不礙事。我們有聰明、正直、勇敢、耐勞的年輕人，就夠了。像你們父子兄弟，爲本地方增光彩已經很多很多！」

「伯伯，你說得好，我也是那麼想。地方不出壞人出好人，如伯伯那麼樣子，人雖老了，還硬朗得同棵楠木樹一樣，穩穩當當的活到這塊地面，又正經、又大方，難得的咧！」

「我是老骨頭了，還說什麼了。日頭，雨水，走長路，挑分量沈重的擔子，大喫大喝，挨餓受寒，自己分上的都拿過了，不久就會躺到這冰冷土地上餵蛆喫的。這世界有的是你們小夥子分上的一切，應當好好的幹！日頭不辜負你們，我們也莫辜負日頭！」

「伯伯，看你那麼勤快，我們年輕人不敢辜負日頭。」

說了一陣，二老想走了，老船夫便站到門口去喊叫翠翠，要她到屋裡來燒水煮飯，掉換他自己看船。翠翠不肯上岸，客人卻已下船了。

翠翠把船拉動時，祖父故意裝作埋怨神氣說：

「翠翠，你不上來，難道要我在家裡做媳婦煮飯嗎？」

翠翠斜睨了客人一眼，見客人正盯著她，便把臉背過去，抿著嘴兒，很自負的拉著那條橫纜。船慢慢拉過對岸了。客人站在船頭同翠翠說話：

「翠翠，喫了飯，同你爺爺到我家弔腳樓上去看划船吧？」

翠翠不好意思不說話，便說：「爺爺說不去，去了無人守這個船！」

「你呢？」

「爺爺不去，我也不去。」

「你也守船嗎？」

「我陪我爺爺。」

「我要一個人來替你們守渡船，好不好？」

砰的一下，船頭已撞到岸邊土坎上了，船攏了岸。

二老向岸上一躍，站在斜坡上說：

「翠翠，難爲你……我回去就要人來替你們，你們趕快喫飯，一同到我家裡去看船。今天人多咧，熱鬧咧！」

翠翠不明白這陌生人的好意，不懂得爲甚麼一定要到他家中去看船，抿著小嘴笑笑，就把船拉回去了。

到了家中一邊溪岸後，只見那個年輕人還正在對溪小山上，好像等待什麼，不即走開。回轉家中，翠翠到灶口邊去燒火，一面把帶點濕氣的草塞進灶裡去，一面向正在把客人帶回的那一葫蘆酒試著的祖父詢問：

「爺爺，那個人說回去就要人來替你，要我們兩人去看船，你去不去？」

「你高興去嗎？」

「兩人同去我高興。那個人很好，我像認得他。他是誰？」

祖父心想：「這倒對了，人家也覺得你好！」祖父笑著說：「翠翠，你不記得你前年在大河邊時，有個人說要讓大魚咬你嗎？」

翠翠明白了，卻仍然裝不明白，問：「他是誰？」

「你想想看，猜猜看。」

「我猜不著他是張三李四。」

「順順船總家的二老。他認識你，你不認識他啊！」他抿了一口酒，像讚美這個酒又讚美另一個人。低低的說：「好的，妙的，這是難得的。」

過渡的人在門外坎下叫喚著，老祖父口中還是「好的，妙的……」匆匆的船做事去了。

10

喫飯時隔溪有人喊過渡，翠翠搶著下船。到了那邊，方知道原來過渡的人便是船總順順家派來作替手的水手。這人一見翠翠就說道：「二老要你們一喫了飯就去，他已下河了。」見了祖父又說：「二老要你們喫了飯就去，他已下河了。」

張耳聽聽，便可聽出遠處鼓聲已較繁密，從鼓聲裡使人想到那些極狹的船在長潭中筆直前進時，水面上畫著如何美麗的長長的線路！

新來的人茶也不喫，便在船頭站妥了，翠翠同祖父喫飯時，邀他喝一杯，只是搖頭推辭。祖父說：「翠翠，我不去，你同小狗去好不好？」

「要不去，我也不想去！」

「我去呢？」

「我本來也不想去，但我願意陪你去。」

祖父微笑著：「翠翠，翠翠，你陪我去，好的，你就陪我去！」

……

祖父同翠翠到城裡大河邊時河邊早站滿了人。細雨已經停止，地面還是濕濕的，祖父要翠翠過河街船總家弔腳樓上去看船，翠翠卻似乎有心事怕到那邊去，以爲站在河邊較好。兩人雖在河邊站定，不多久，順順便派人來把他們請去了。

弔腳樓上已有了很多的人。早上過渡時，爲翠翠所注意的鄉紳妻女受順順家的款待，佔據了兩個最好窗口。一見到翠翠，那女孩子就說：「你來，你來！」翠翠帶著點兒羞怯走去，坐在他們身邊後條凳上，祖父便走開了。

祖父並不看龍船競渡，卻爲一個熟人拉到河上游半里路遠近，過一個新碾坊看水碾子去了。老船夫對於水碾子原來就極有興味的。倚山濱水來一座小小茅屋，屋中有那麼一個圓石片子，固定在一個橫軸上，斜斜的擱在石槽裡，當水閘門抽去時，流水衝激地上的暗輪，上面的圓石片便飛轉起來。作主人的管理這個東西，把毛穀倒進石槽中去，把碾好的米弄出，放在屋角隔長方羅篩裡，再篩去糠灰，地上全是糠灰，自己頭上包著塊白布帕子，頭上肩上也全是糠灰。天氣好時就在碾坊前

後隙地裡種些蘿蔔、青菜、大蒜、四季葱。

水溝壞了，就把褲子脫去，到河裡去堆砌石頭，修理洩水處。水碾壩若修築得好，還可裝個小小魚梁，漲小水時就自會有魚上梁來，不勞而獲！在河邊管理一個碾坊比管理一隻渡船多變化，有趣味，情形一看也就明白了。但一個撐渡船的若想有座碾坊，那簡直是不可能的忘想。凡碾坊照例是屬於當地小財主的產業。那熟人把老船夫帶到碾坊邊時，就告訴他這碾坊業主爲誰。兩人一面各處視察一面說話。

那熟人用腳踢著新碾盤說：

「中寨人自己坐在高山砦子上，卻歡喜來到這大河邊置產業。這是中寨王團總的，值大錢七百弔！」

老船夫轉著雙小眼睛，很羨慕的去欣賞一切，估計一切，把頭點著，且對於碾坊中物件一一加以很得體的批評。後來兩人就坐到那還未完工的白木條凳上去，熟人又說到這碾坊的將來，似乎是團總女兒陪嫁的妝奩。

那人於是想起了翠翠，且記起大老過去一時託過他的事情來了，便問道：

「伯伯，你翠翠今年十幾歲？」

「滿十四歲進十五歲。」老船夫說過這話後，便接著在心中計算過去的年月。

「十四歲多能幹！將來誰得她眞有福氣！」

「有什麼福氣？又無碾坊陪嫁，一個光人。」

「別說一個光人，一個有用的人，兩隻手敵得五座碾坊！洛陽橋也是魯般兩隻手造成的……」這樣那樣的說著，表示對老船夫的抗議，說到後來那人自然笑了。

老船夫也笑了，心想：「翠翠有兩隻手將來也去造洛陽橋罷，新鮮事！」

那人過了一會又說：「茶峒人年輕男子眼睛光，選媳婦也極在行。伯伯，你若不多我的心時，我就說個笑話給你聽。」

老船夫問：「是什麼笑話？」

那人說：「伯伯你若不多心時，這笑話也可以當眞話去聽咧！」

接著說下去的就是順順家大老如何在人家面前讚美翠翠，且如何託他來探聽老船夫口氣那麼一件事。末了同老船夫來轉述另一回話的情形……

「我問他：『大老，大老，你是說眞話還是說笑話？』他就說：『你爲我去探聽探聽那老的，我歡喜翠翠，想要翠翠，是眞話呀！』我說：『我這人口鈍得很，

說出了口收不回，萬一老的一巴掌打來呢？』他說：『你怕打，你先當笑話去說，不會挨打的！』所以，伯伯，我就把這件眞事情當笑話來同你說了。你試想想，他初九從川東回來見我時，我應當如何回答他？」

老船夫記起前一次大老親口所說的話，知道大老的意思很眞，且知道順順也歡喜翠翠，故心裡很高興。但這件事照規矩得這個人帶封點心親自到碧溪岨家中去說，方見得愼重其事。

老船夫說：「等他來時你說：老傢伙聽過了笑話後，自己也說了個笑說，他說：『車是車路，馬是馬路，各有走法，大老走的是車站，應當由大老爹爹作主，請了媒人來正正經經同我說；走的是馬路，應當自己作主，站在渡口對溪高崖上，爲翠翠唱三年六個月的歌。』」

「伯伯，若唱三年六個月的歌動得了翠翠的心，我趕明天就自己來唱歌了。」

「你以爲翠翠肯了我還不肯嗎？」

「不啊！人家以爲這件事情你老人家肯了翠翠便無有不肯的。」

「不能那麼說，這是她的事呵！」

「便是她的事情，可是必須老的作主，人家也仍然以爲在日頭月光下唱三年六個月的歌，還不如得伯伯說一句話好！」

「那麼，我說，我們就這樣辦，等他從川東回來時，要他同順順去說個明白，我呢，我也先問問翠翠。若以爲聽了三年六個月的歌，再跟那唱歌人走去有意思些，我就請你勸大老走他那彎彎曲曲的馬路。」

「那好的。見了他我就說：『大笑，笑話嗎，我已經說過了，眞話呢，看你自己的命運去了。』當眞看他的命運去了。不過我明白他的命運還是在你老人家手上捏著緊緊的。」

「不是那麼說！我若捏得定這件事，我馬上就答應了你。」

這裡兩人把話說妥後，就過另一處看一隻順順新近買來的三艙船去了。河街上順順弔腳樓方面卻有了如下事情。

翠翠雖被那鄉紳女人喊到身邊去坐，地位非常之好，從窗口望出去，河中一切朗然在望，然而心中可不安寧。擠在其他幾個窗口看熱鬧的人似乎皆常常把眼光從河中景物挪到這邊幾個人身上來。還有些人故意裝成有別的事情樣子，從樓這邊走

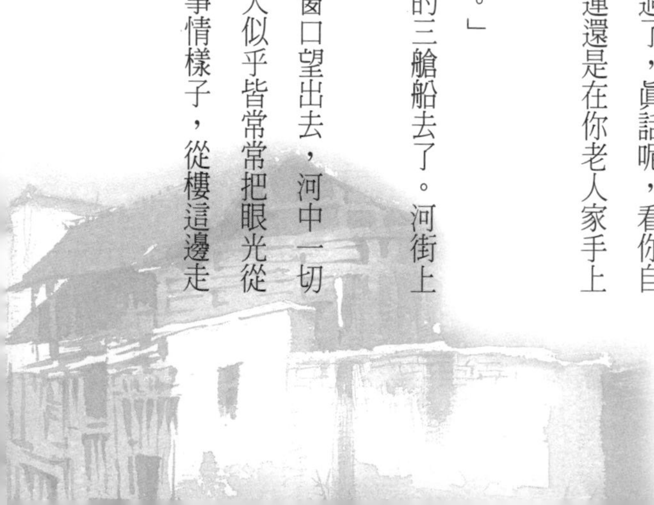

過那一邊，事實上卻全爲得是好仔細看看翠翠這方面幾個人。翠翠心中老不自在，只想藉故跑去。

一會兒河下的炮聲響了，幾隻從對河取齊的船隻直向這方面划來。先是四條船皆相去不遠，如四枝箭在水面射著，到了一半，已有兩隻船佔先了些，再過一會子，那兩隻船中間便又有一隻超過了並進的船隻而前，看看船到了稅局門前時，第二次炮聲又響，那船便勝利了。這時節勝利的已判明屬於河街人所划的一隻，各處便皆響著慶祝的小鞭炮。那船於是沿了河街吊腳樓划去，鼓聲蓬蓬作響，河邊與吊腳樓各處都同時吶喊表示快樂的祝賀。

翠翠眼見在船頭站定，搖動小旗指揮進退，頭上包著紅布的那個青年人便是送酒葫蘆到碧溪岨的二老，心中便印著兩年前的舊事，「大魚喫掉你！」「喫掉不喫掉，不用你這個人管！」「好的，我就不管！」「狗，狗，你也看人叫！」想起狗，翠翠才注意到自己身邊那隻黃狗早已不知跑到什麼地方去，便離了座位，在樓上各處找尋她的黃狗，把船頭上忘掉了。

她一面在人叢找尋黃狗，一面聽人家正說些什麼話。

一個大臉婦人問：「是誰家的人坐到順順家當中窗口前的那塊好地方？」

一個婦人就說：「是砦子上王鄉紳大姑娘，今天說是自己來看船，其實來看人，同時也讓人看！人家命好，有本領坐那好地方！」

「看誰人，被誰人看？」

「嗨，你還不明白，那鄉紳想同順順打親家呢！」

「那姑娘配什麼人，是大老，還是二老呢？」

「是二老呀！等等你們看這岳雲，就會上樓來拜他丈母娘的！」

另有一個女人便插嘴說：「事弄成了，好得很呢！人家在大河邊有一座嶄新碾坊陪嫁，比十個長年還好一些。」

有人問：「二老怎麼樣？」又有人就輕輕的說：「二老已說過了，這不必看，第一件事我就不想作那個碾坊的主人！」

「你聽岳雲二老說過嗎？」

「我聽別人說的。還說二老歡喜一個撐渡船的。」

「他又不是傻小二，不要碾坊，要渡船嗎？」

「那誰知道。橫順人是『牛肉炒韭菜，各人心裡愛。』只看各人心裡愛什麼就喫什麼，渡船不會不如碾坊！」

當時各人眼睛對著河裡，口中說著這些閒話，卻無一個人回頭來注意到身後邊的翠翠。

翠翠臉發火燒走到另外一處去，又聽有兩個人提及這件事。且說：「一切早安排好了，只須要二老一句話。」又說：「只看二老今天那麼一股勁兒，就可以猜想得出這勁兒是岸上一個黃花姑娘給他的！」

誰是激動二老的黃花姑娘？

翠翠人矮了些，在人後背已望不見河中的情形，只聽到擂鼓聲漸近漸激，岸上吶喊聲自遠而近，便知道二老的船恰恰經過樓下。樓上人也大喊著，雜夾叫著二老的名字，鄉紳太太那方面且有人放小百子鞭炮。忽然又用另外一種驚訝聲音喊著，且同時便見許多人出門向河下走去。

翠翠不知出了什麼事，心中有點迷亂，正不知走回原來座位邊去好，還是依然在人背後好。只見那邊正有人拿了個托盤，裝了一大盤粽子同細點心，在請鄉紳太太小姐用點心，不好意思再過那邊去，便也想擠出大門外到河下去看看。從河街一個鹽店旁邊甬道下河時，正在一排弔腳樓的欅柱間，迎面碰頭一群人擁著那個頭包紅布的二老來了。原來二老因失足落水，已從水中爬起來了。路太窄了一些，翠翠雖閃過一旁，與迎面來的之仍然肘子觸著肘子。

二老一見翠翠就說：「翠翠，你來了！爺爺也來了嗎？」

翠翠臉發著燒不便作聲，心想：「黃狗跑到什麼地方去了呢？」

二老又說：「怎不到我家樓上去看呢？我已要人替你弄了個好位子。」

翠翠心想：「碾坊陪嫁，希奇事情咧！」

二老不能逼迫翠翠回去，到後便各自走開了。翠翠到河下時，小小心腔中充滿了一種說不分明的東西。是煩惱吧，不是！是憂愁吧，不是！是快樂吧，不，有什麼事情使這個女孤子快樂呢？是生氣了吧——是的，她當眞彷佛覺得自己是生在一個人的氣，又像是在生自己的氣。河邊人太多了，碼頭溪淺水中，船桅船篷上，以至於弔腳樓的柱子上，無不擠滿了人。

翠翠自言自語說：「人那麼多，有什麼三腳貓好看？」先還以爲可以在什麼船

上發現她的祖父，但各處搜尋了一陣，卻無祖父的影子。她擠到水邊去，一眼便看到了自己家中那條黃狗，同順順家一個長年，正在去岸數丈一隻空船上看熱鬧。翠翠銳聲叫喊了兩聲，黃狗張著耳朵葉昂頭四面一望，便猛的撲下水中，向翠翠方面泅來了。到了身邊時狗身上已全是水，把水抖著且跳躍不已。翠翠便說：「得了，狗，裝什麼瘋！你又不翻船，誰要你落水呢？」

翠翠同黃狗各處找祖父去，在河街上一個木行前恰好遇著了祖父。

老船夫說：「翠翠，我看了個好碾坊，碾盤是新的，水車是新的，屋上稻草也是新的，水壩管著一綹水，急溜溜的，抽水閘板時水車轉得如陀螺。」

翠翠帶著點做作問：「是什麼人的？」

「是什麼人的？住在山上的員外王團總的。我聽人說是那中寨人爲女兒作嫁妝的東西，好不闊氣，包工就是七百弔大制錢，還不管風車，不管傢私！」

「誰討那個人家的女兒？」

祖父望著翠翠乾笑著：「翠翠，大魚咬你，大魚咬你。」

翠翠因爲對於這件事心中有了個數目，便仍然裝著全不明白，只詢問祖父：

「爺爺，什麼人得到那個碾坊？」

「岳雲二老！」祖父說了又自言自語的說：「有人羨慕二老得到碾坊，也有人羨慕碾坊得到二老！」

「誰羨慕呢，祖父？」

「我羨慕。」祖父說著便又笑了。

翠翠說：「爺爺，你喝醉了。」

「可是二老還稱讚你長得美呢。」

翠翠：「爺爺，你瘋了！」

祖父說：「爺爺不醉不瘋……去，我們到河邊看他們放鴨子去。可惜我老了，不能下水裡去捉隻鴨子回家燜薑喫。」他還想說：「二老捉得鴨子，一定又會送給我們的。」話不及說，二老來了，站在翠翠面前微笑著。翠翠也笑著。

於是三個人回到弔腳樓上去。

11

有人帶了禮物到碧溪岨，掌水碼頭的順順當眞請了謀人爲兒子向渡船的攀親戚來了。老船夫慌慌張張把這個人渡過溪口，一同到家裡去。

翠翠正在屋門前剝豌豆，來了客並不如何注意。但一聽到客人進門說「賀喜賀喜」，心中有事，不敢再蹲在屋門邊，就裝作追趕菜園地的雞，拿了竹響篙唰唰的搖著，一面口中輕輕喝著，向屋後白塔跑去了。

來人說了些閒話，言歸正傳轉述到順順的意見時，老船夫不知如何回答，只是很驚惶的搓著兩隻繭結的大手，好像這不會眞有其事，而且神氣中只像說：「那好的，那妙的。」其實這老頭子卻不曾說過一句話。

來人把話說完後，就問祖父的意見怎麼樣。

老船夫笑著把點著說：「大老想走車路，這個很好。可是我得問問翠翠，看她自己主張怎麼樣。」

來人被打發走後，祖父在船頭叫翠翠下河邊來說話。

翠翠拿了一簸箕豌豆下到溪邊，上了船，嬌嬌的問他的祖父：「爺爺，你有什麼事？」祖父笑著不說什麼，只偏著個白髮盈顛的頭看翠翠。看了許久，翠翠坐到船頭，有點不好意思，低下頭去剝豌，耳中聽著遠處竹篁裡的黃鳥叫。

翠翠想：「日子長咧，爺爺話也長了。」翠翠心輕輕的跳著。過了一會祖父說：「翠翠，翠翠，先前那個人來作什麼，你知道不知道。」

翠翠說：「我不知道。」說後臉同頸脖全紅了。

祖父看看那種情景，明白翠翠的心事了，便把眼睛向遠處望去，在空霧裡望見了十五年前翠翠的母親，老船夫心中異常柔和了，輕輕的自言自語：「每一隻船總要有個碼頭，每一隻雀兒得有個窠。」他同時想起那個可憐的母親過去的事情，心中有了一點隱痛，卻勉強笑著。

翠翠呢，正從山中黃鳥杜鵑叫聲裡，以及山谷中伐竹人沙沙一下一下的砍伐竹

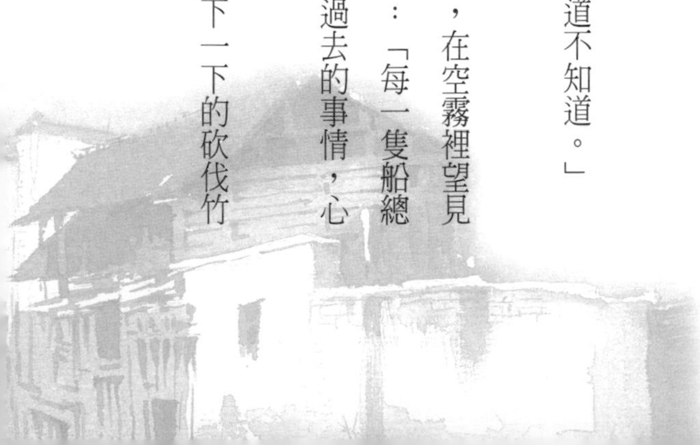

子聲音裡，想到許多事情。老虎咬人的故事，與人對罵時四句頭的山歌，造紙作坊中的方坑，鐵工場熔鐵爐裡洩出的鐵汁，耳朵聽來的，眼睛看到的，她似乎都要去溫習溫習。她所以這樣作，又似乎全只為了希望忘掉眼前的一樁事而起。但她實在有點誤會了。

祖父說：「翠翠，船總順順家裡請人來作媒，想討你作媳婦，問我願不願。我呢，人老了，再過三年兩載會過去的，我沒有不願意的事情。這是你自己的事，你自己想想，自己來說。願意，就成了；不願意，也好。」

翠翠不知如何處理這個問題，裝作從容，怯怯的望著老祖父。又不便問什麼，當然也不好回答。

祖父又說：「大老是個有出息的人，為人又正直，又慷慨，你嫁了他，算是命好！」

翠翠弄明白了，人來作媒的是大老！不曾把頭抬起，心忡忡的跳著，臉燒得厲害，仍然剝她的豌豆，且隨手把空豆莢拋到水中去，望著它們在流水中從從容容的流去，自己也儼然從容了許多。

見翠翠總不作聲，祖父於是笑了，且說：「翠翠，想幾天不礙事。洛陽橋不是一個晚上造得好的，要日子咧。前次那個人來就向我說起這件事，我已經告訴過他：車是車路，馬是馬路，各有規矩！想爸爸作主，請媒人正正經經來說是車路；要自己作主，站到對溪高崖竹林裡爲你唱三年六個月的歌是馬路——你若歡喜走馬路，我相信人家會爲你在日頭下唱熱情的歌，在月光下唱溫柔的歌，像隻洋鵲一樣，一直唱到吐血喉嚨爛！」

翠翠不作聲，心中只想哭，可是也無理由可哭。祖父還是再說下去，便引到死過了的母親來了。老人話說了一陣，沈默了。翠翠悄悄把頭撇過一些，見祖父眼中業已釀了一汪眼淚。

翠翠又怕怯生生的說：「爺爺，你怎麼的？」祖父不作聲，用大手掌擦著眼睛，小孩子似的咕咕笑著，跳上岸跑回家中去了。

翠翠心中亂亂的，想趕去卻不趕去。

雨後放晴的天氣，日頭炙到人肩上背上已點兒力量。溪邊蘆葦水楊柳，菜園中菜蔬，莫不繁榮滋茂，帶著一分有野性的生氣。草叢裡綠色蚱蜢各處飛著，翅膀搏

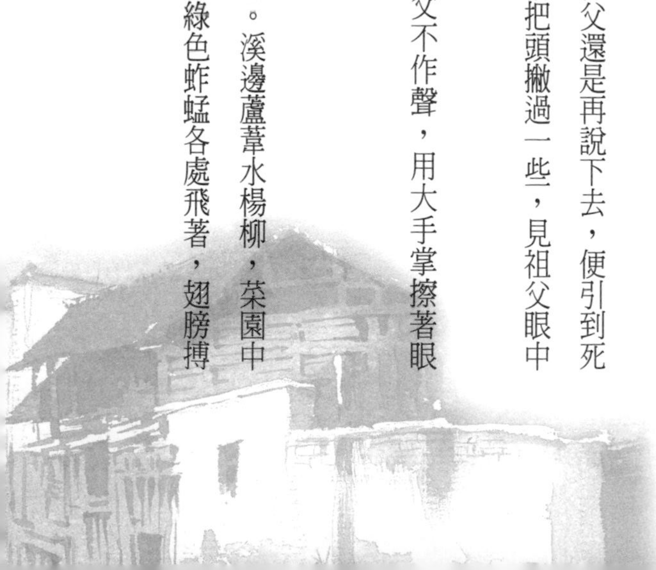

動空氣時皆熠熠作聲。枝頭新蟬聲音雖不成腔卻已漸漸宏大。兩山深翠逼人的竹篁中，有黃鳥與竹雀杜鵑交遞鳴叫。翠翠感覺著，望著，聽著，同時也思索著：

「爺爺今年七十歲……三年六個月的歌……誰送那隻白鴨子呢？……得碾子的好運氣，碾子得誰更是好運氣？……」

癡著，忽地站起，半簸箕豌豆便傾倒到水中去了。伸手把那簸箕從水中撈起時，隔溪有人喊過渡。

12

翠翠第二天第二次在白塔下菜園地裡，被祖父詢問自己主張時，仍然心兒忡忡的跳著，把頭低下不作理會，只顧用手去掐蔥。祖父笑著，心想：「還是等等看，再說下去這一坪蔥會全失掉了。」同時似乎又覺得這其間有點古怪處，不好再說下去，便自己按捺住言語，用一個做作的笑話，把問題引到另外一件事情上去了。

天氣漸漸的越來越熱了。近六月時，天氣熱了些，老船夫把一個滿是灰塵的黑陶缸子從屋角隅裡搬出，自己還勻出些閒工夫，拼了幾方木板，作成一個圓蓋，又鋸木頭作成三個三腳架子，且削刮了個大竹筒，用葛藤繫定，放在缸邊作爲舀茶的家具。自從這茶缸移到屋門溪邊後，每早上翠翠就燒一大鍋開水，倒進那缸子裡去。有時缸裡加些茶葉，有時卻只放下一些用火燒焦的鍋巴，乘那東西還燃著時便拋進缸裡去。

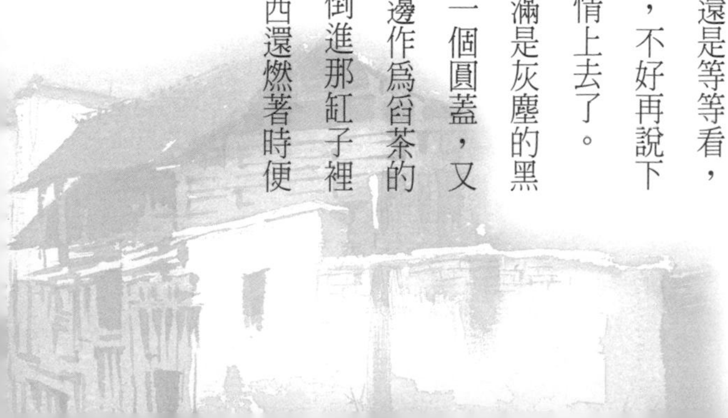

老船夫且照例準備了些發痧痛治疱瘡瘍子的草根木皮，把這些藥擱在家裡當眼處，一見過渡人神氣不對，就忙匆匆的把藥取來，善意的勒迫這過路人使用他的藥方，且告訴人這許多救急丹方的來源。（這些丹方自然全是他從營中軍醫同巫師學來的。）他終日裸著兩隻膀子，在溪中方頭船上站定，頭上還常常是光光的，一頭短短白髮，在日光下如銀子。翠翠依然是個快樂人，屋前屋後跑著唱著，不走動時就坐在門前高崖樹蔭下，吹小竹管兒玩玩。爺爺彷彿把大老提婚的事早已忘掉，翠翠自然也似乎忘掉這件事情了。

可是那做媒的不久又來探口氣了。依然同從前一樣，祖父把事情成否全推到翠翠身上去，打發了媒人上路。回頭又同翠翠談了一次，也依然不得結果。

老船夫不透這事情在這什麼方面有個疱疽，解除不去，夜裡躺在床上便常常陷入一種沈思裡去，隱隱約約體會到一件事情（指體會到翠翠愛二老不愛大老），再想下去便是……

想到了這裡時，他笑了，爲了害怕而勉強笑了。其實他有點憂愁，因爲他忽然覺得翠翠一切全像那個母親，而且隱隱約約便感覺到這母女二人共通的命運。一堆過去的事情蜂擁而來，不能再睡下去了，一個人便跑出門外，到那臨溪高崖上去，望天上的星辰，聽河邊紡織娘和一切蟲類如雨的聲音，許久許久還不睡覺。

這件事翠翠自然是注意不及的，這小女孩日子裡儘管玩著，工作著，也同時爲一些很神秘的東西馳騁她那顆小小的心，但一到夜裡，卻甜甜的睡眠了。

不過一切皆得在一份時間中變化。這一家安靜平凡的生活也因了一堆接連而來的日子，在人事上把安靜空氣完全打破了。

船總順順家中一方面，則天保大老的事已被二老知道了，儺送二老同時也讓他哥哥知道了弟弟的心事，這一對難兄難弟原來同時都愛上了那個撐渡船的外孫女。這事情在本地人說來並不稀奇。邊地俗話說：「火是各處可燒的，水是各處可流的，日月是各處可照的，愛情是各處可到的。」

有錢船總兒子，愛上一個弄渡船的窮人家女兒，不能成爲希罕的新聞。有一點困難處，只是這兩兄弟到了誰應取得這個女人作媳婦時，是不是也還得照茶峒人規矩，來一次流血的掙扎。

兄弟兩人在這方面是不至於動刀的，但也不作興有「情人奉讓」如大都市懦怯

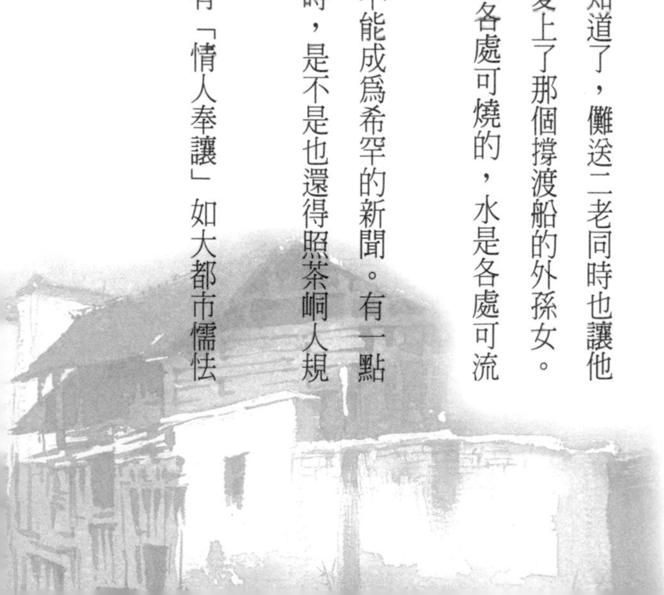

男子愛與仇對面時作出的可笑行爲。

那哥哥同弟弟在河上游一個造船的地方，看他家中那一隻新船，在新船旁把一切心事全告訴了弟弟，且附帶說明，這點念頭還是兩年前植下根基的。弟弟微笑著，把話題聽下去。兩人從造船處沿了河岸又走到王鄉紳新碾坊去，那大哥就說：

「二老，你運氣倒好，作了王團總女婿，有座碾坊。我呢，若把事情弄好了，我應當划接那個老的手來渡船了。我歡喜這個事情，我還想把碧溪岨兩個山頭買過來，在界線上種一片大南竹，圍著這一條小溪作爲我的砦子！」

那二老仍然默默的聽著，把手中拿的一把彎月形鐮刀隨意斫削路旁的草木，到了碾坊時，卻站住了向他哥哥說：

「大老，你信不信這女子心上早已有了個人？」

「我不信。」

「大老，你信不信這碾坊將來歸我？」

「我不信。」

兩人於是主了碾坊。

二老又說：「你不必——大老，我再問你，假若我不想得到這座碾坊，卻打量要那隻渡船，而且這念頭也是兩年前的事，你信不信呢？」

那大哥聽來眞著了一驚，望了一下坐在碾盤橫軸上的儺送二老，知道二老不是說謊，於是站近了一點，伸手在二老肩上打了一下，且想把二老拉下來。他明白了這件事，他笑了。他說：「我相信的，你說的全是眞話！」

二老把眼睛望著他的哥哥，很誠實的說：

「大老，相信我，這是眞事。我早就那麼打算到了。家中不答應，那邊若答應了，我當眞預備去弄渡船的——你告我，你呢？」

「爸爸已聽了我的話，爲我要城裡的楊馬兵做保山，向划渡船說親去了！」大老說到這個求親手續時，好像知道二老要笑他，又解釋要保山去的用意，只是「因爲老的說車有車路，馬有馬路，我就走了車路。」

「結果呢？」

「得不到什麼結果。老的口上含李子，說不明白。」

「馬路呢？」

「馬路呢，那老的說若走馬路，我得在碧溪岨對溪高崖上唱三年六個月的歌。把翠翠心子唱軟，翠翠就歸我了。」

「這並不是個壞主張！」

「是呀！一個結巴人說話不出還唱得出。可是這件事輪不到我了，我不是竹雀，不會唱歌。鬼知道那老人家存心是要把孫女兒嫁個會唱歌的水車，還是準備規規矩矩嫁個人！」

「那你怎麼樣？」

「我想告那老的，要他說句實在話。只一句話。不成，我跟船下桃源去了；成呢，便是要我撐渡船，我也答應了他。」

「唱歌呢？」

「二老，這是你的拿手好戲，你要去做竹雀你就趕快去罷，我不會撿馬糞塞你嘴巴的。」

二老看到哥哥那種樣子，便知道爲這件事哥哥感到的是一種如何煩惱了。他明白他哥哥的性情，代表了茶峒人粗鹵爽直一面，弄得好，掏出心子來給人也很慷慨作去，弄不好，親舅舅也必一是一二是二。

大老何嘗不想在車路上失敗時走馬路；但他一聽到二老的坦白陳述後，他就知道馬路只二老有分，他自己的事不能提了。因此他有點氣惱，有點憤慨，自然是無從掩飾的。

二老想出了個主意，就是兩兄弟月夜裡同過碧溪岨去唱歌，莫讓人知道是弟兄兩個，兩人輪流唱下去，誰得到回答，誰便繼續用張唱歌勝利的嘴唇，服侍那划船的外孫女。大老不善於唱歌，輪到大老時也仍然由二老代替。兩人憑命運來決定自己的幸福，這麼辦可說是極公平了。提議時，那大老還以爲他自己不會唱，也不想請二老替他作竹雀。但二老那種詩人性格，卻使他很固執的要哥哥實行這個辦法。二老說必須這樣作，一切方公平一點。

大老把弟弟提議想想，作了一個苦笑。「X娘的，自己不是竹雀，還請老弟做竹雀？好，就是這樣子，我們各人輪流唱，我也不要你幫忙，一切我自己來吧！樹林子裡的貓頭鷹，聲音不動聽，要老婆時，也仍然是自己叫下去，不請人幫忙的！」

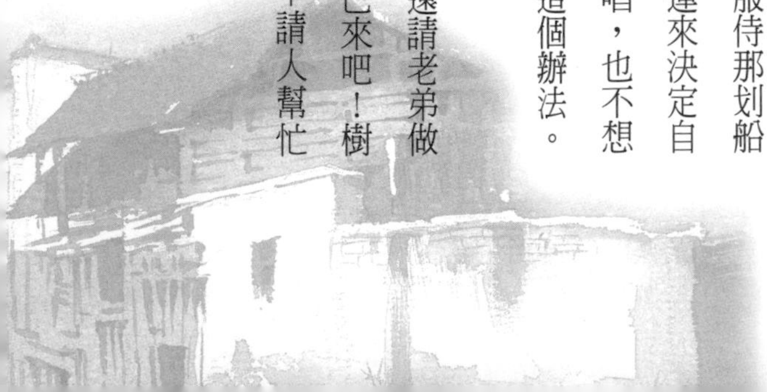

兩人把事情說妥當後，算算日子，今天十四，明天十五，後天十六，接連而來的三個日子正是有大月亮天氣。氣候既到了中夏，半夜裡不冷不熱，穿了白家機布汗褂，到那些月光照及的高崖上去，遵照當地的習慣，很誠實與坦白去爲一個「初生之犢」的黃花女唱歌。

露水降了，歌聲澀了，到應當回家了時，就趁殘月趕回家去。或過那些熟識的整夜工作不息的碾坊裡去，躺到溫暖的穀倉裡小睡，等候天明。一切安排皆極其自然，結果是什麼，兩人雖不明白，但也看得極其自然。兩人便決定了從當夜起始，來作這種爲當地習慣所認可的競爭。

13

黃昏來時，翠翠坐在家中屋後白塔下，看天空被夕陽烘成桃花色的薄雲，十四中寨逢場，城中生意人過中寨收買山貨的很多，過渡人也特別多，祖父在溪中渡船上忙個不息。天已快夜，別的雀子似乎都要休息了，只杜鵑叫個不息。石頭泥土爲白日曬了一整天，草木爲白日曬了一整天，到這時節皆放散一種熱氣。空氣中有泥土氣味，有草木氣味，且有甲蟲類氣味。翠翠看著天上的紅雲，聽著渡口飄鄉生意人的雜亂聲音，心中有些兒薄薄的悽涼。

黃昏照樣的溫柔、美麗和平靜。但一個人若體念到這個當前一切時，也就照樣的在這黃昏中會有點兒薄薄的悽涼。於是，這日子成爲痛苦的東西了。翠翠覺得好像缺少了什麼。好像眼見到這個日子過去了，想要在一件新的人事上攀住它，但不成。好像生活太平凡了，忍受不住。

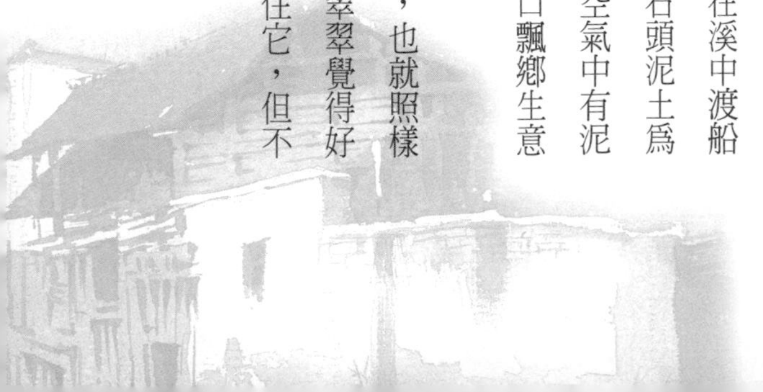

「我要坐船下桃源縣過洞庭湖，讓爺爺滿城打鑼去叫我，點了燈籠火把，去找我。」

她便向祖父故意生氣似的，很放肆的去想到這樣一件不可能的事情。她且想像她出走後，祖父用各種方法尋覓她皆無結果，到後如何躺在渡船上。

「人家喊：『過渡，過渡！老伯伯，你怎麼的！不管事！』『怎麼的！翠翠走了，下桃源縣了！』『那你怎麼辦？』「那怎辦嘛？拏了把刀，放在包袱裡，搭下水船去殺了她！」……」

翠翠彷彿當眞聽著這種對話，嚇怕起來了，一面銳聲喊著她的祖父，一面從坎上跑向溪邊渡口去。見到了祖父正把船拉在溪中心，船上人喁喁說著話，小小心子還依然跳躍不已。

「爺爺，爺爺，你把船拉回來呀！」

那老船夫不明白她的意思，還以爲是翠翠要爲他代勞了，就說：

「翠翠，等一等，我就回來！」

「你不拉回來了嗎？」

「我就回來！」

翠翠坐在溪邊，望著溪面爲暮色所籠罩的一切，且望到那隻渡船上一群過渡人，其中有個吸桿煙的打著火鐮吸煙，把煙桿在船邊剝剝的敲著煙灰，就忽然哭起來了。

祖父把船拉回來時，見翠翠癡癡的坐在岸邊，問她是什麼事，翠翠不作聲。祖父要她去燒火煮飯，想了一會兒，覺得自己哭得可笑，一個人便回到屋中去，坐在黑黝黝的灶邊把火燃燒後，她又走到門外高崖上去，喊叫她的祖父，要他回家裡來。在職務上毫不兒戲的老船夫因爲過渡人皆是趕回城中喫晚飯的人，來一個就渡一個，不便要人站在那岸邊獃等，故不上岸來，只站在船頭告翠翠，不要叫他，且讓他做點事，把人渡完後，就會回家裡來喫飯。

翠翠第二次請求祖父，祖父不理會，她坐在懸崖上，很覺得悲傷。

天夜了，有一匹螢火蟲尾上閃著藍光，很迅速地從翠翠身旁飛過去。翠翠想：「看你飛得多遠！」便把眼睛隨著那螢火蟲的明光追去。杜鵑又叫了。

「爺爺，爲什麼不上來？我要你！」

在船上的祖父聽到這種帶著嬌，有點兒埋怨的聲音，一面粗聲粗氣的答道：「翠翠，我就來，我就來！」一面心中卻自言自語：「翠翠，爺爺不在了，你將怎麼樣？」

老船夫回到家中時，見家中這黑黝黝的，只灶間有火光，見翠翠坐在灶邊矮條凳上，用手蒙著眼睛。

走過去才曉得翠翠已哭了許久。祖父一個下半天來，皆彎著個腰在船上拉來拉去，歇歇時，手也酸了，腰也酸了，照規矩，一到家裡就會嗅到鍋中所烤瓜菜的味道，且可看見翠翠安排晚飯在燈光下跑來跑去的影子。今天情形竟不同了一點。

祖父說：「翠翠，我來慢了，你就哭，這還成嗎？我死了呢？」

翠翠不作聲。

祖父又說：「不許哭！做一個大人，不管有什麼事都不許哭，要硬扎一點，結實一點，方配活到這塊土地上！」

翠翠把手從眼睛邊移開，靠近祖父身邊去，「我不哭了。」

兩人作飯時，祖父爲翠翠述說起一些有趣味的故事，因此提到了死去了的翠翠的母親。兩人在豆油燈下把飯喫過後，老船夫因爲工作疲倦，喝了半碗白酒，因此飯後興致極好，又同翠翠到門外高崖上月光下去說故事。說了那個可憐母親的乖巧處，同時且說到那可憐母親性格強硬處，使翠翠聽來神往傾心。

翠翠抱膝坐在月光下，傍著祖父身邊，問了許多關於那個可憐母親的故事。間或吁一口氣，似乎心中壓上了些分量沈重的東西，想挪移得遠一點，才吁著這種氣，可是卻無從把那種東西挪開。

月光如銀子，無處不可照及，上山篁竹在月光下皆成爲黑色。身邊草叢中蟲聲繁密如落雨，間或不知道從什麼地方，忽然會有一隻草鶯「咯咯咯咯噓！」囀著她的喉嚨。不久之間，這小鳥兒又好像明白這是半夜，不應當那麼吵鬧，便仍然閉著那小小眼兒安睡了。

祖父夜來興致很好，爲翠翠把故事說下去，就提到了本城人二十年前唱歌的風氣，如何馳名於川黔邊地。翠翠的父親便是當地唱歌的第一手，能用各種比喻解釋愛與憎的結子，這些事也說到了。翠翠母親如何愛唱歌，且如何同父親在未認識以前在白日裡對歌，一個在半山上竹篁裡砍竹子，一個在溪面渡船上拉船，這些事也說到了。

翠翠問：「後來怎麼樣？」

祖父說：「後來的事當然長得很，最重要的事情就是這種歌唱出了你。」

祖父於是沈默了，不曾說：「唱出了你後也就死去了你的父親和母親。」

14

老船夫做事累了睡了，翠翠哭倦了也睡了。翠翠不能忘記祖父所說的事情，夢中靈魂爲一種美妙歌聲浮起來了，彷彿輕輕的各處飄著，上了白塔，下了菜園，到了船上，又復飛竄過懸崖半腰——去作什麼呢？摘虎耳草！白日裡拉船時，她仰頭望著崖上那些肥大虎耳草已極熟。崖壁三五丈高，平時攀折不到手，這時節卻可以選頂大的葉子作傘。

一切皆像是祖父說的故事，翠翠只迷迷糊糊的躺在粗麻布帳子裡草荐上，以爲這夢做得頂美頂甜。祖父卻在床上醒著，張起個耳朵聽對溪高崖上的人唱了半夜的歌。他知道那是誰唱的，他知道是河街上天保大老走馬路的第一著，因此又憂愁又快樂的聽下去。翠翠因爲日裡哭倦了，睡得正好，他就不去驚動她。

第二天，天一亮，翠翠同祖父起身了，用溪水洗了臉，把早上說夢的忌諱去掉

了，翠翠趕忙同祖父去說昨晚上所夢的事情。

「爺爺，你說唱歌，我昨天就在夢裡聽到一種頂好的歌聲，又軟又纏綿。我像跟了這聲音各處飛，飛到對溪懸崖半腰，摘了一大把虎耳草，得到了虎耳草，我可不知道把這個東西交給誰去了。我睡得眞好，夢得眞有趣！」

祖父溫和悲憫的笑著，並不告訴翠翠昨晚上的事實。

祖父心裡想：「做夢一輩子更好，還有人在夢裡作宰相咧。」

昨晚上唱歌的，老船夫還以爲是天保大老，日來便要翠翠守船，藉故到城裡去送藥，探探情形。在河街見到了大老，就一把拉住那小夥子，很快樂的說：

「大老，你這個人，又走車路又走馬路，是怎樣一個狡猾東西！」

但老船夫卻做錯了一件事情，把昨晚唱歌人「張冠李戴」了。這兩兄弟昨晚上同時到碧溪岨去，爲了作哥哥的走車路佔了先，無論如何也不肯先開腔唱歌，一定得讓那弟弟先唱。弟弟一開口，哥哥卻因爲明知不是敵手，更不能開口了，翠翠同她祖父晚上聽到的歌聲便全是那個儺送二老所唱的。

大老伴弟弟回家時，就決定了離開茶峒地方，駕家中那隻新油船下駛，好忘卻了上面的一切，這時正想下河去看新油船裝貨。

老船夫見他神情冷冷的，不明白他的意思，就用眉眼做了一個可笑的記號，表示他明白大老的冷淡處是裝成的，表示他有好消息可以奉告。

他拍了大老一下，翹起一個大拇指，輕輕的說：

「你唱得很好，別人在夢裡聽著你那個砍，爲那個歌帶得很遠，走了不少的路！你是第一號，是我們地方唱歌第一號。」

大老望著弄渡船的老船夫涎皮的老臉，輕輕的說：

「算了吧！你把寶貝孫女兒送給了會唱歌的竹雀吧！」

這句話使老船夫完全弄不明白他的意思。大老從一個弔腳樓甬道走下河去了，老船夫也跟著下去。到了河邊，見那隻新船正在裝貨，許多油簍子擱在河岸邊。一個水手正用茅草紮成長束，備作船舷上擋浪用的茅把。還有人坐在河邊石頭上，用脂油擦抹槳板。老船夫問那個水手，這船什麼日子下行，誰押船。那水手把手指著大老。

老船夫搓著手說：

「大老，聽我說句正經話，你那件事走車路，不對；走馬路，有你分的！」

那大老把手指著窗口說：「伯伯，你看那邊。你要竹雀做孫女婿，竹雀在那裡啊！」

老船夫抬頭望見二老，正在窗口整理一個魚網。

回碧溪岨到渡船上時，翠翠問：

「爺爺，你同誰吵了架，面色那樣難看！」

祖父莞爾而笑。他到城裡的事情，不告訴翠翠一個字。

15

大老坐了那隻新油船向下河走去了，留下儺送二老在家。老船夫方面還以爲上次歌聲既歸二老唱的，在此後幾個日子裡，自然還會聽到那種歌聲。一到了晚間就故意從別樣事情上，促翠翠注意夜晚的歌聲。

兩人喫完飯坐在屋裡，因屋前濱水，長腳蚊子一到黃昏就嗡嗡的叫著，翠翠便把蒿艾束成的煙包點燃，向屋中角隅各處晃著驅逐蚊子。晃了一陣，估計全屋子裡已爲蒿艾煙氣薰透了，方把煙包擱到床前地上去，再坐在小板凳上來聽祖父說話。從一些故事上慢慢的談到了唱歌，祖父話說得很妙。祖父到後發問道：

「翠翠，夢裡的歌可以使你爬上高崖去搞虎耳草，若當眞有誰來在對溪高崖上爲你唱歌，你預備怎麼樣？」祖父把話當笑話說著的。

翠翠便也當笑話答道：「有人唱歌我就聽下去，他唱多久我也聽多久！」

「唱三年六個月呢？」

「唱得好聽，我聽三年六個月。」

「這不大公平罷。」

「怎麼不公平？爲我唱歌的人，不是極願意我長遠聽他唱歌嗎？」

「照理說：『炒菜要人喫，唱歌要人聽。』可是人家爲你唱，是要你懂他歌裡的意思！」

「爺爺！懂歌裡什麼意思？」

「自然是他那顆想同你要好的眞心！不懂那點心，不是同聽竹雀唱歌一樣嗎？」

「我懂了他的心又怎麼樣？」

祖父用拳頭把自己腿重重的捶著，且笑著：「翠翠，你人乖，爺爺笨得很，話也說得不溫柔，莫生氣。我信口開河，說個笑話給你聽。你應當當笑話聽。河街天保大老走車路，請保山來提親，我告訴過你這件事了，你那神氣不願意，是不是？可是，假若那個人還有個兄弟，走馬路，爲你來唱歌，向你攀交情，你將怎麼說？」

翠翠喫了一驚，低下頭去。因爲她不明白這笑話究竟有幾分眞，又不清楚這笑話是誰謅的。

祖父說：「你試告我，願意哪一個？」

翠翠便勉強笑著，輕輕的帶點兒懇求的神氣說：

「爺爺莫說這個笑話罷。」翠翠站起身了。

「我說的若是眞話呢？」

「爺爺你眞是個……」翠翠說著走出去了。

祖父說：「我說的是笑話，你生我的氣嗎？」

翠翠不敢生祖父的氣，走近門限邊時，就把話引到另一件事上去：「爺爺，看天上的月亮，那麼大！」說著，出了屋外，便在那一派清光的露天上站定。站了一會兒，祖父也從屋中出到外邊來了。翠翠於是坐到那白日裡爲強烈陽光曬熱的岩石上去，石頭正散發日間所儲的餘熱。祖父就說：

「翠翠，莫坐熱石頭，免得生坐板瘡。」

但自己用手摸摸後，自己也坐到那岩石上了。

月光極其柔和，溪面浮著一層薄薄白霧。這時節對溪若有人唱歌，隔溪應和，實在太美麗了。翠翠還記得先前祖父說的笑話。耳朵又不聾，祖父的話說得極分明，一個兄弟走馬路，唱歌來打發這樣的晚上，算是怎麼一回事？她似乎爲了等著這樣的歌聲，沈默了許久。

她在月光上坐了一陣，心裡卻當眞願意聽一個人來唱歌。久之，對溪除了一片草蟲的清音複奏以外別無所有。翠翠走回家裡去，在房門邊摸著了那個蘆管，拿出來在月光下自己吹著。覺吹得不好，又遞給祖父要祖父吹。老船夫把那個蘆管豎在嘴邊，吹了個長長的曲子，翠翠的心被吹柔軟了。

翠翠依傍祖父坐著，問祖父：

「爺爺，誰是第一個做這個小管子的人？」

「一定是個最快樂的人作的，因爲他分給人的也是許多快樂；可又像是個最不快樂的人作的，因爲他同時也可以引起人不快樂！」

「爺爺，你不快樂了嗎？生我的氣了嗎？」

「我不生你的氣。你在我身邊，我很快樂。」

「我萬一跑了呢？」

「你不會離開爺爺的。」

「萬一有這種事，爺爺你怎麼樣？」

「萬一有這種事。我就駕了這隻船去找你。」

翠翠嗤的笑了。「鳳灘茨灘不爲兇，上面還有繞雞籠；繞雞籠也容易下，青浪灘浪如屋大。爺爺你渡船也能下鳳灘茨灘青浪灘嗎？那些地方的水，你不說過全是像瘋子，毫不講道理？」

祖父說：「翠翠，我到那時可眞像瘋子，還怕大水大浪？」

翠翠儼然極認眞的想了一下，就說：「爺爺，我一定不走！可是，你會不會走？你會不會被一個人抓到別處去？」

祖父不作聲了。他想到不犯王法不怕官，只有被死亡捉走那一類事情。

老船夫打量著自己被死亡捉走以後的情形，癡癡的看望天南角上一顆星子，心想：「七月八月天上方有流星，人也會七月八月死去吧？」

又想起白日在河街上同大老談話的經過，想起中寨人陪嫁的那座碾坊，想起二老，想起一大堆事情，心中有點兒亂。

翠翠忽然說：「爺爺，你唱個歌給我聽聽，好不好？」

祖父唱了十個砍，翠翠傍在祖父身邊，閉著眼睛聽下去。等到祖父不作聲時，翠翠自言自語說：「我又摘了一把虎耳草了。」

祖父所唱的歌，原來便是那晚上聽來的歌。

16

二老有機會唱歌卻從此不再到碧溪岨唱歌。十五過去了，十六也過去了，到了十七，老船夫忍不住了，進城往河街去找尋那個年輕小夥子。到城門邊正預備入河街時，就遇著上次爲大老作保山的楊馬兵，正索了一匹騾馬預備出城，一見老船夫，就拉住了他：

「伯伯，我正有事情告訴你，碰巧你就來城裡！」

「什麼事情？」

「天保大老坐下水船到茨灘出了事，閃不知這個人掉到灘下漩水裡就淹壞了。早上順順家裡得到這個消息，聽說二老一早就趕去了。」

這個不吉消息同有力巴掌一樣，重重的摑了老船夫那麼一下。他不相信這是眞當的消息。他故作從容的說：

「天保大老淹壞了嗎？從不聞有水鴨子被水淹壞的！」

「可是那隻水鴨子仍然有那麼一次被淹壞了……我贊成你的卓見，不讓那小子走車路十分順手。」

從馬兵言語上，老船夫還十分懷疑這個新聞，但從馬兵神氣上注意，老船夫卻看清楚這是個眞的消息了。

他慘慘的說：「我有什麼卓見可說？這是天意。一切都有天意。……」老船夫說時心中充滿了感情。

特爲證明那馬兵所說的話，有多少可靠處，老船夫同馬兵分手後，於是匆匆趕到河街上去。到了順順家門前，正有人燒紙錢，許多人圍在一處說話。攙加進去聽聽，所說的便是楊馬兵提到的那件事。但一到有了人發現了身後的老船夫時，大家便把話語轉了方向，故意來談下河油價漲落情形了。老船夫心中很不安，正想找一個比較要好的水手談談。

一會兒船總順順從外面回來了，樣子沈沈的。這豪爽正直的中年人正似乎爲不幸打倒，努力想掙扎爬起的神氣，一見到老船夫就說：

「老伯伯，我們談的那件事情吹了罷！天保大老已經壞了，你知道了罷？」

老船夫兩雙眼睛紅紅的，把手搓著：「怎麼的，這是眞事了！這不會是眞事！是昨天，是前天？」

另一個像是趕路回來報信的，便插嘴說道：「十六中上，船擱到石包子上，船頭進了水，大老想把篙撇開，人就彈到水中去了。」

老船夫說：「你眼見他下水嗎？」

「我還和他同時下水！」

「他說什麼？」

「什麼都來不及說！這幾天來他都不說話！」

老船夫把頭搖搖，向順順那麼怯怯的溜了一眼。船總順順像知道他的心中不安處，就說：「伯伯，一切是天，算了吧！是這裡有大興場人送來的好燒酒，你拿一點去喝罷。」一個伙計用竹筒上了一筒酒，用新桐木葉蒙著筒口，交給了老船夫。

老船夫把酒拏走，到了河街後，低頭向河碼頭走去，到河邊天保大老前天上船處去看看。楊馬兵還在那裡放馬到沙地上打滾，自己坐在柳樹蔭下乘涼，老船夫就

走過去請馬兵試試那大興場的燒酒。兩人喝了點酒後，興致似乎好些了，老船夫就告訴楊馬兵，十四夜裡二老兩兄弟過碧溪岨唱歌那件事情。

那馬兵聽到後便說：

「伯伯，你是不是以爲翠翠願意二老，應該派歸二老……」

話不說完，儺送二老卻從河街下來了。這年輕人正像要遠行的樣子，一見了老船夫就回頭走去。楊馬兵喊他說：「二老，二老，你來，我有話同你說呀！」

二老站定了，很不高興神氣，問馬兵：「有什麼話說？」

馬兵望望老船夫，就向二老說：

「你來，有話說！」

「什麼話？」

「我聽人說你已經走了——你過來我同你說，我不會喫掉你！你什麼時候走？」

那黑臉寬肩膊，樣子虎虎有生氣的儺送二老勉強似的笑著。到了柳蔭下時，老船夫想把空氣緩和下來，指著河上游遠處那座新碾坊說：「二老，聽人說那碾坊將來是歸你的！歸了你，派我來守碾子，行不行？」

二老彷彿聽不懂這個詢問的用意，便不作聲。楊馬兵看風頭有點兒僵，便說：

「二老，你怎麼的，預備下去嗎？」

那年輕人把頭點點，不再說什麼，就走開了。

老船夫討了個沒趣，很懊惱的趕回碧溪岨去。到了渡船上時，就裝作把事情看極隨便似的，告訴翠翠：

「翠翠，今天城裡出了件新鮮事情，天保大老駕油船下辰州，運氣不好，掉到茨灘淹壞了。」

翠翠因爲聽不懂，對於這個報告最先好像全不在意。祖父又說：

「翠翠，這是眞事。上次來到這裡做保山的那個的楊馬兵還說我早不答應親事，極有見識！」

翠翠瞥了祖父一眼，見他眼睛紅紅的，知道他喝了酒，且有了點事情不高興，心中想：「誰撩你生氣？」船到家邊時，祖父不自然的笑著向家中走去。翠翠守船，半天不聞祖父聲息，趕回家去看看，見祖父正坐在門檻上編草鞋耳子。

翠翠見祖父神氣極不對，就蹲到他身前去。

「爺爺，你怎麼的？」

「天保當眞死了！二老生了我們的氣，以爲他家中出這件事情，是我們分派的！」

有人在溪邊大喊渡船過渡，祖父匆匆出去了。翠翠坐在那屋角隅稻草上，心中極亂，等等還不見祖父回來，就哭起來了。

17

祖父似乎生誰的氣，臉上笑容減少了，對於翠翠方面也不大注意了。翠翠像知道祖父已不很疼她，但又像不明白它的眞正原因。

但這並不是很久的事，日子一過去，也就好了。兩人仍然划船過日子，一切依舊，惟對於生活，卻彷彿什麼地方有了個看不見的缺口，始終無法塡補起來。祖父過河街去仍然可以得到船總順順的款待，但很明顯的事，那船總卻並不忘掉死去者死亡的原因。

二老出北河下辰州走了六百里，沿河找尋那個可憐哥哥的屍骸，毫無結果，在各處稅關上貼下招字，返回茶峒來了。過不久，他又過川東去辦貨，過渡時見到老船夫。老船夫看看那小夥子，好像已完全忘掉了從前的事情，就同他說話。

「二老，大六月日頭毒人，你又上川東去，不怕辛苦！」

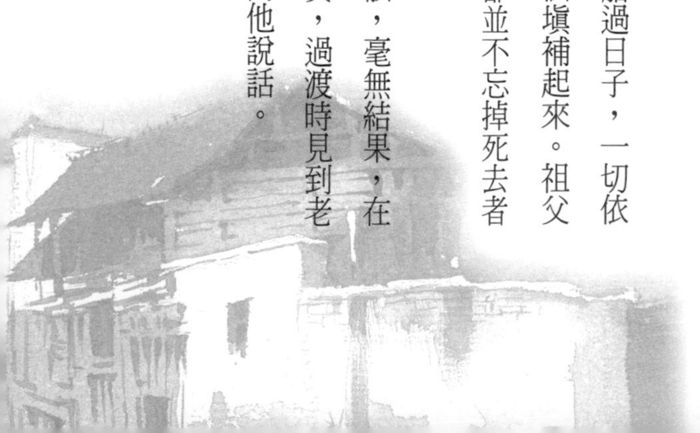

「要飯喫，頭上是火也得上路！」

「要喫飯！二老家還少飯喫？」

「有飯喫，爹爹說年輕人也不應該在家中白喫不作事！」

「你爹爹好嗎？」

「喫得做得，有什麼不好。」

「你哥哥壞了，我看你爹爹爲這件事情也好像萎悴多了！」

二老聽到這句話，不作聲了，眼睛望著老船夫屋後那個白塔。他似乎想起了過去那個晚上，那件舊事，心中十分惆悵。

老船夫怯怯望了年輕人一眼，一個微笑在臉上漾開。

「二老，我家裡翠翠說，五月裡有天晚上，做了個夢……」說時他又望望二老，見二老並不驚訝，也不厭煩，於是又接著說：「她夢得古怪，說在夢中被一個人的歌聲浮起來，上對溪懸岩摘了一把虎耳草！」

二老把頭偏過一旁去作了一個苦笑，心中想到：「老頭子倒會做作。」

這點意思在那個苦笑上，彷彿同樣洩露出來，仍然被老船夫看到了，老船夫顯得有點慌張，就說：「二老，你不相信嗎？」

那年輕人說：「怎麼不相信？因爲我做傻子在那邊岩上唱過一晚的歌！」

老船夫被一句料想不到的老實話窘住了，口中結結巴巴的說：「這是眞的……這是假的……」

「怎不是眞的？天保大老的死，難道不是眞的？」

「可是，可是……」

老船夫的做作處，原意只是想把事情弄明白一點，但一起始自己敘述這段事情時，方法就有了錯處，故反爲被二老爺誤會了。他這時正想把那夜的情形好好說出來，船已到了岸邊。二老一躍上了岸，就想走去。

老船夫在船上顯得更加忙亂的樣子說：

「二老，二老，你等等，我有話同你說。你先前不是說到那個——你做傻子的事情嗎？你並不傻，別人方當眞爲你那歌弄成傻像！」

那年輕人雖站定了，口中卻輕輕的說：「得了，夠了，不要說了。」

老船夫說：「二老，我聽說你不要碾子要渡船，這是楊馬兵說的，不是眞的打算罷？」

那年青人說：「要渡船又怎樣？」

老船夫看看二老的神氣，心中忽然高興起來，就情不自禁的高聲叫著翠翠，要她下溪邊來。可是事不湊巧，不知翠翠是故意不從屋裡出來，還是到別處去了，許久還不見到翠翠的影子，也不聞這個女孩子的聲音。

二老等了一會，看看老船夫那副神氣，一句不說，便微笑著，大踏步同一個挑擔粉條白糖貨物的腳夫走去了。

過了碧溪岨小山，兩人應沿著一條曲曲折折的竹林走去，那個腳夫這時節，開了口：

「儺送二老，我看那弄渡船的神氣，很歡喜你！」

二老不作聲。

那人就又說道：

「二老，他問你要碾坊還是要渡船。你當眞預備做他的孫女婿，接替他那隻破渡船嗎？」

二老笑了。

那人又說：

「二老若這件事派給我，我要那座碾坊。一座碾坊的出息，每天可收七升米，三斗糠。」

二老說：「我回來時和我爹爹去說，爲你向中寨人做媒，讓你得到那座碾坊吧！至於我呢，我想弄渡船是很好的。只是老的爲人彎彎曲曲，不索利，大老是他弄死的。」

老船夫見了二老那麼走了，翠翠還不出來，心中很不快樂，走回家中看看，原來翠翠並不在家。

過一會，翠翠提了個籃子從小山後回來，方知道大清早翠翠已出門竹鞭筍去了。

「翠翠，我喊了你好久，你聽不到！」

「做什麼喊我？」

「一個人過渡……一個熟人，我們談起你……我喊你你可不答應！」

「是誰？」

「你猜，翠翠。不是陌生人……你認識他！」

翠翠想起適間從竹林裡無意中聽來的話，臉紅了，半天不說話。

老船夫問：「翠翠，你得了多少鞭筍？」

翠翠把竹籃向地下一倒，除了十來根小小鞭筍外，只是一大把虎耳草。

老船夫望了翠翠一眼，翠翠兩頰緋紅跑了。

18

日子平平的過了一個月，一切人心上的病痛，似乎皆在那麼份長長的白日下醫治好了。天氣特別熱，各人皆只忙著流汗，用涼水淘江米喫酒，不用什麼心事，心事在人生活中，也就留不住了。翠翠每天皆到白塔下背太陽的一面去午睡，高處既極涼快，兩山竹篁裡叫得使人發鬆的竹雀，與其他鳥類，又如此之多，致使她在睡夢裡儘爲山鳥歌聲所俘著，做的夢便常是頂荒唐的夢。

這不是人生罪過。詩人們會在一件小事上寫出一整本整部的詩，雕刻家在一塊石頭上雕得出的骨血如生的人像，畫家一撇兒綠，一撇兒紅，一撇兒灰，畫得出一幅一幅帶有魔力的彩畫，誰不是爲了惦著一個微笑的影子，或是一個皺眉的記號，方弄出那麼些古怪成績？

翠翠不能用文字，不能用石頭，不能用顏色，把那點心頭上的愛憎移到別一件

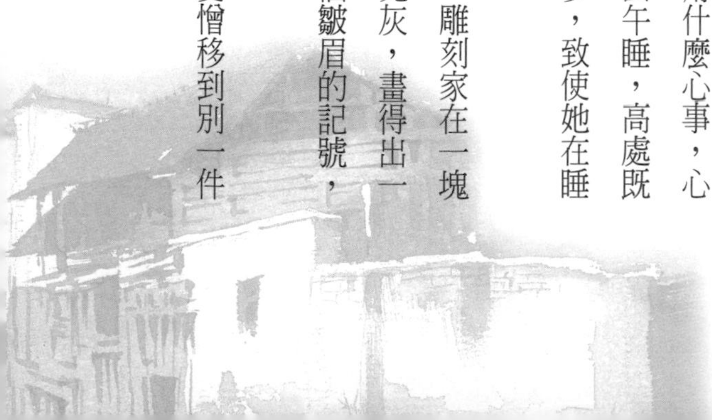

東西上去，卻只讓她的心，在一切頂荒唐事情上馳騁。她從這分隱秘裡，便常常得到又驚又喜的興奮。一點兒不可知的未來，搖撼她的情感極厲害，她無從完全把那種癡處不讓祖父知道。

祖父呢，可以說一切都知道了的。但事實上他又卻是一個一無所知的人。他明白翠翠不討厭那個二老，卻不明白那小夥子二老近來怎麼樣。他從船總處與二老處皆碰過了釘子，但他並不灰心。

「要安排得對一點，方合道理，一切有個命！」他那麼想著，就更顯得好事多磨起來了。睜著眼睛時，他做的夢比那個外孫女翠翠便更荒唐更寥闊。

他向各個過渡本地人打聽二老父子的生活，關切他們如同自己家中人一樣。但也古怪，因此他卻怕見到那個船總同二老了。一見他們他就不知說些什麼，只是老脾氣把兩隻手搓來搓去，從容處完全失去了。

二老父子方面皆明白他的意思，但那個死去的人卻用一個悽涼的印象鑲嵌到父子心中，兩人便對於老船夫的意思儼然全不明白似的，一同把日子打發下。

明明白白夜來並不作夢，早晨同翠翠說話時，那作祖父的會說：

「翠翠，翠翠，我昨晚上做了個好不怕人的夢！」

翠翠問：「什麼怕人的夢？」

就裝作思索夢境似的，一面細看翠翠小臉長眉毛，一面說出他另一時張著眼睛所做的夢。不消說，那些夢原來都並不是當眞怎樣使人嚇怕的。

一切河流皆得歸海，話起始說得縱極遠，到頭來總仍然是歸到使翠翠紅臉那件事情上去。待到翠翠顯得不大高興，神氣上露出受了點小窘時，這老船夫又才像有了一點兒嚇怕，忙著解釋，用閒話來遮掩自己所說到那問題的原意。

「翠翠，我不是那麼說，我不是那麼說。爺爺老了，糊塗了，笑話多例！」

但有時翠翠卻靜靜的把祖父那些笑話糊塗話聽下去，一直聽到後來還抿著嘴兒微笑。

翠翠也會忽然說道：

「爺爺，你眞是有一點兒糊塗！」

祖父聽過了不再作聲，他將說：「我有一大堆心事！」但來不及說，恰好就被過渡人喊走了。

天氣熱了，過渡人從遠處走來，肩上挑的是七十斤擔子，到了溪邊，貪涼快不即走路，必蹲在岩石下茶缸邊喝涼茶，與同伴交換吹吹棒煙管，且一面與弄渡船的攀談。許多天上地下子虛烏有的話皆從此說出口來，給老船夫聽到了。過渡人有時還因溪水清潔，就溪邊洗腳抹澡的，坐得更久話也就更多。

祖父把些話轉說給翠翠，翠翠也就學懂了許多事情。貨物的價錢漲落呀，坐轎搭船的費用呀，放木筏的人把他那個木筏從灘上流下時，十來把大招子如何活動呀，在小煙船上喫葷煙，大腳婆娘如何燒煙呀……無一不備。

儺送二老從川東押物回到了茶峒。時間已近黃昏了，溪面很寂靜，祖父同翠翠在菜園地裡看蘿蔔秧子。翠翠白日中覺睡久了些，覺得有點寂寞，好像聽人嘶聲喊過渡，就爭先走下溪邊去。下坎時，見兩個人站在碼頭邊斜陽影裡背身看得極分明，正是儺送二老同他家中的長年。

翠翠大喫一驚，同小獸物見到獵人一樣，回頭便向山竹林裡跑掉了。但那兩個在溪邊的人聽到腳步響時，一轉身，也就看明白這件事情了。等了一下再也不見人來，那長年又嘶聲音喊過渡。

老船夫聽得清清楚楚，卻作然蹲在蘿蔔秧地上數菜，心裡覺得好笑。他已見到翠翠走去，他知道必是翠翠看明白了過渡人是誰，故意蹲在那高岩上不理會。翠翠人小不管事，過渡人求她不幹，奈何她不得，故只好嘶著個喉嚨叫過渡了。那長年叫了幾聲，見沒有人來，就停了，同二老說：「這是什麼玩意兒，難道老的害病弄翻了，只剩翠翠一個人了嗎？」二老說：「等等看，不算什麼！」就等了一陣。因爲這邊在靜靜的等著，園地上老船夫卻在心裡想：「難道是二老嗎？」他彷彿擔心攪惱了翠翠似的，就仍然蹲著不動。

但再過一陣，溪邊又喊起過渡了。聲音不同了一點，這纔眞是二老的聲音。生氣了吧？等久了吧？吵嘴了吧？

老船夫一面胡亂估著，一面連奔帶竄跑到溪邊去。到了溪邊，見兩個人業已上了船，其中之一正是二老。老船夫驚訝的喊叫：

「呀，二老，你回來了！」

年輕人很不高興似的，「回來了——你們這渡船是怎麼的？等了半天也不來個人！」

「我以為——」老船夫四處一望，並不見翠翠的影子，只見黃狗從山上竹林要跑來，知道翠翠上山了，便改口說：「我以為你們過了渡。」

「過了渡！不得你上船，誰敢開船？」那長年說著，一隻水鳥掠著水面飛去，「翠鳥兒歸窠了，我們還得趕回家去喫夜飯！」

「早咧，到河街早例！」說著，老船夫已跳上了船，且在心中一面說著：「你不是想承繼這隻船嗎！」一面把船索拉動，船便離岸了。

「二老，路上累得很……」

老船夫說著，二老不置可否不動感情聽下去。船攏了岸，那年輕小夥子同家中長年話也不說，挑擔子翻山走了。那點冷漠印象留老船夫心上，老船夫於是在兩個人身後捏緊拳頭威嚇了三下，輕輕的吼著，把船拉回去了。

19

翠翠向竹林裡跑去，老船夫半天還不下船，這件事從儺送二老看來，前途顯然有點不利。雖老船夫言詞之間，無一句話不在說明「這事有邊」。但那畏畏縮縮的說明極不得體，二老想起他的哥哥，便把這件事曲解了。他有一點憤憤不平，有一點兒氣惱。回到家裡第三天，中寨有人探口風，在河街順順家中住下，把話問及順順，想明白二老的心中是不是還有意接受那座新碾坊。

順順就轉問二老自己意見怎麼樣。

二老說：「爸爸，你以爲這事爲你，家中多座碾坊多個人，你可以快活，你就答應了。若果爲的是我，我要好好去想一下，過些日子再說它吧！我尚不知道我應當得座碾坊，還應當得一隻渡船；因爲我命裡或只許我撐個渡船！」

探口風的人把話記住，回中寨去報命，到碧溪岨過渡時，見到了老船夫，想起

二老的話，不由得不咪咪的笑著。老船夫問明白了他是中寨人，就又問他上城作些什麼事。

那心中有分寸的中寨人說：

「什麼事也不作，只是過河街船總順順家裡坐了一會兒。」

「無事不登三寶殿，坐了一定就有話說！」

「話倒說了幾句。」

「說了些什麼話？」那人不再說了。老船夫卻問道：「聽說你們中寨人想把河邊一座碾坊連同家中閨女兒送給河街上順順，這事情有不有了點眉目？」

那中寨人笑了，「事情成了。我問過順順，順順很願意和中寨人結親家，又問過那小夥子……」

「小夥子意思怎麼樣？」

「他說：我眼前有座碾坊，有條渡船，我本想要渡船，現在就決定要碾坊罷！渡船是活動的，不如碾坊固定，這小子會打算盤呢！」

中寨人是個米場經紀人，話說得極有觔兩。他知道「渡船」指的是什麼意思，但他可並不說穿。他看到老船夫口唇蠕動，想要說話，中寨人便又搶著說道：

「一切皆是命，半點不由人。可憐順順家那個大老，相貌一表堂堂，會淹死在水裡！」

老船夫被這句話在心上戮了一下，把想問的話咽住了。中寨人上岸走去後，老船夫悶悶的立在船頭，癡了許久。又把二老日前過渡時落漠神氣溫習一番，心中大不快樂。

翠翠在塔下玩得極高興，走到溪邊高岩上想要祖父唱歌，見祖父不理會她，一路埋怨趕下溪邊去。到了溪邊，方見到祖父神氣十分沮喪，可不明白爲什麼原因。翠翠來了，祖父看看翠翠的快活黑臉兒，粗鹵的笑笑。對溪有扛貨物過渡的，便不說什麼，沈默的把船拉過溪南，到了中心卻大聲唱起歌來了。把人渡了過溪，祖父跳上碼頭走近翠翠身邊來，還是那麼粗鹵的笑著，把手撫著頭額。

翠翠說：

「爺爺怎麼的，你發痧了？你躺到陰下去歇歇，我來管船！」

「你來管船，好的妙的，這隻船歸你管！」

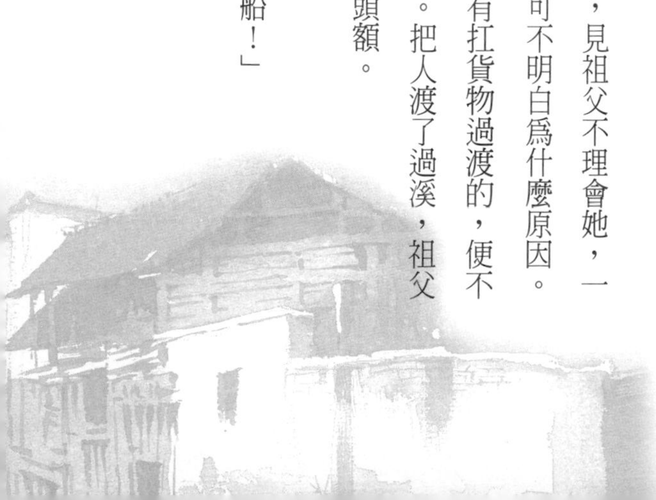

老船夫似乎當眞發了痧，心頭發悶，雖當著翠翠還顯出硬扎樣子，獨自走回屋裡後，找尋得到一些碎磁片，在自己臂上腿上扎了幾下，放出了些烏血，就躺到床上睡了。

翠翠自己守船，心中卻古怪的快樂高興，心想：「爺爺不爲我唱歌，我自己會唱！」

她唱了許多歌，老船夫躺上閉著眼睛，一句一句聽下去。心中極亂，但他知道這不是能夠把他打倒的大病，到明天就仍然會爬起來的。他想明天進城，到河街去看，又想起另外許多旁的事情。

但到了第二天，人雖起了床，頭還沈沈的，祖父當眞已病了。翠翠顯得懂事了些，爲祖父煎了一罐大發藥，逼著祖父喝，又過屋後菜園地裡摘取蒜苗泡在米湯裡作酸蒜苗。一面照料船隻，一面還時時刻刻抽空趕回家裡來看祖父，問這樣那樣。祖父可不說什麼，只是爲一個秘密痛苦著。

躺了三天，人居然好了。屋前屋後走動了一下，骨頭還硬硬的，心中惦念到一件事情，便預備進城過河街去。翠翠看不出祖父有什麼要緊事情，必須當天入城，請求他莫去。

老船夫把手搓著，估量到是不是應說出那個理由。在面前，翠翠一張黑黑的瓜子臉，一雙水汪汪的眼睛，使他吁了一口氣。

他說：「我有要緊事情，得今天去！」

翠翠苦笑著說：「有多大要緊事情，還不是……」

老船夫知道翠翠脾氣，聽翠翠口氣已經有點不高興，不再說要走了，把預備帶走的竹筒同扣花褡褳擱到長几上後，帶點兒諂媚笑著說：「不去吧！你擔心我會把自己摔死，我就不去吧！我以爲天氣早上不很熱，到城裡把事辦完了就回來……不去也得，我明天去！」

翠翠輕聲的溫柔的說：「你明天去也好。你腿還軟，好好的躺下天再起來！」

老船夫似乎心中還不甘服，灑著兩手走出去，在門限邊一個打草鞋的棒槌差點兒把他絆了一大跤。穩住了時，翠翠苦笑著說：「爺爺，你瞧，還不服氣！」

老船夫拾起那棒槌，向屋角隅摔去，說道：「爺爺老了！過幾天打豹子給你看！」

到了午後，落了一陣行雨，老船夫卻同翠翠好好商量，仍然進了城。翠翠不能陪祖父進城，就要黃狗跟去。老船夫在城裡被一個熟人拉著談了許久鹽價米價，又過守備衙門看了一會釐金局長新買的騾馬，方到河街順順家裡去。

到了那裡，見順順正同三個人打紙牌，不便談話，就站在身後看了一陣牌。後來順順請他喝酒，藉口病剛好點不敢喝酒推辭了。牌既不散場，老船夫又不想即走，順順似乎並不明白他等著有何話說，卻只注意手中的牌。後來老船夫的神氣倒爲另外一個人看出來了，就問他是不是有什麼事情。老船夫方忸忸怩怩照老方子搓著他那兩隻大手，說別的事沒有，只想同船總說兩句話。

那船總方明白在身後看牌半天的理由，回頭對老船夫笑將起來。

「怎不早說？你不說，我還以爲你在看我牌學張子！」

「沒有什麼，只是三五句話，我不便掃興，不敢說出！」

船總把牌向桌上一撒，笑著向後房走去了。老船夫跟在身後。

「什麼事？」船總問著，神氣似乎先就明白了他來此要說的話，顯得略微有點兒憐憫的樣子。

「我聽一個中寨人說你預備同中寨團總打親家，是不是眞事？」

船總見老船夫的眼睛盯著他的臉，想得一個滿意的回答，就說：「有這事情。」那麼答應，意思卻是：「有了你怎麼樣？」

老船夫說：「眞的嗎？」

那一個又很自然的說：「眞的。」意思卻依舊包含了「眞的又怎麼樣？」一個疑問。

老船夫裝得很從容的問：「二老呢？」

船總說：「二老坐船下桃源好些日子了！」

二老下桃源的事，原來還同他爸爸吵了一陣方走的。船總性情雖異常豪爽，可不願意間接把第一個兒子弄死的女孩子又來作第二個兒子的媳婦，這是很明白的事情。若照當地風氣，這些事認爲只是小孩子的大事，大人管不著，二老當眞歡喜翠翠，翠翠又愛二老，他也並不反對這種愛怨糾纏的婚姻。

但不知怎麼的，老船夫對於這件事情的關心處，使二老父子對於老船夫反而有了一點誤會。船總想起家庭間的近事，以爲全與這老而好事的船夫有關，雖不見諸形色，心中卻有個疙瘩。

船總不讓老船夫再開口了，就語氣粗略的說道：

「伯伯，算了罷，我們的口祇應當喝酒了，莫再只想替兒女唱歌！你的意思我全明白，你是好意。可是我也求你明白我的意思，我以爲我們只應當談點自己分上的事情，不適宜於想那些年輕人的門路了。」

老船夫被一個悶拳打倒後，還想說兩句話，但船總卻不讓他再有說話的機會，把他拉出到牌桌邊去。

老船夫無話可說，看看船總時，船總雖還笑著談到許多笑話，心中卻似乎很沈鬱，把牌用力擲到桌上去。老船夫不說什麼，戴起他那個斗笠，自己走了。

天氣還早，老船夫心中很不高興，又進城去找楊馬兵。那馬兵正在喝酒，老船夫雖推病，也免不了喝個三五杯。回到碧溪岨，走得熱了一點，又用溪水去抹身。覺得很疲倦，就要翠翠守船，自己回家睡去了。

黃昏時天氣十分鬱悶，溪面各處飛著紅蜻蜓。天上已起了雲，熱風把兩山竹篁吹得聲音極大，看樣子到晚上必落大雨。翠翠守在渡船上，看著那些溪面飛來飛去的蜻蜓，心也極亂。看祖父臉上顏色慘慘的，放心不下，便又趕回家中去。先以爲祖父一定早睡了，誰知還坐在門限上打草鞋！

「爺爺，你要多少雙草鞋？床頭上不是還有十四雙嗎？怎麼不好好的躺一躺？」

老船夫不作聲，卻站起身來昂頭向天空望著，輕輕的說：「翠翠，今晚上要落大雨響大雷的！回頭把我們的船繫到岩下去。這雨大哩！」

翠翠說：「爺爺，我眞嚇怕！」翠翠怕的似乎並不是晚上要來的雷雨。

老船夫似乎也懂得那個意思，就說：「怕什麼？一切要來的都得來，不必怕！」

20

夜間果然落了大雨，挾以嚇人的雷聲。雷光從屋脊上掠過時，接著就是訇的一個炸雷。翠翠在暗中抖著。祖父也醒了，知道她害怕，且擔心她著涼，還起身來把一條布單搭到她身上去。

祖父說：「翠翠，不要怕。」

翠翠說：「我不怕！」說了還想說：「爺爺你在這裡我不怕！」

訇的一個大雷，接著是一種超越雨聲而上的洪大悶重傾圮聲。兩人皆以爲一定是溪岸懸崖崩落了，擔心到那隻渡船會早已壓在崖石上面去了。

祖孫兩人便默默的躺在床上聽雨聲雷聲。

但無論如何大雨，過不久，翠翠卻依然就睡著了。醒來時天已亮了，雨不知在何時業已止息，只聽到溪兩岸山溝裡注水入溪的聲音。翠翠爬起身來看看祖父還似乎睡得很好，開了門走出去，門前已成爲一個水溝，一股濁流便從塔後嘩嘩的流來，從前面懸崖直墮而下，並且各處皆是那麼一種臨時的水道。

屋旁菜園地已爲山水衝亂了，菜秧皆掩在粗砂泥裡了。再走過前面去看看溪裡一切，纔知道溪中也漲了大水，已滿過了碼頭，水腳快到茶缸邊了。下到碼頭去看那條船，正同一條小河一樣，嘩嘩的洩著黃泥水。過渡的那一條橫溪牽定的纜繩已被水淹去了，泊在崖下的渡船已不見了。

翠翠看看屋前懸崖並不崩坍，故當時還不注意渡船的失去。但再過一陣，她上下搜索不到這東西，無意中回頭一看，屋後白塔已不見了，一驚非同小可。趕忙向屋後跑去，纔知道白塔業已坍倒，大堆磚石極凌亂的攤在那兒。翠翠嚇得不知所措，只銳聲叫她的祖父。祖父不起身，也不答應，就趕回家裡去。到得祖父床邊搖了祖父許久，祖父還不作聲。

原來這個老年人在雷雨將息時，已死去了。

翠翠於是大哭起來。

過了一陣子，有從茶峒過川東跑差事的人到了溪邊。隔溪喊過溪。翠翠正在灶

邊一面哭著，一面燒水預備爲死去的祖父抹澡。

那人以爲老船夫一家還不醒，急於過河，喊叫不應，就拋擲小石頭過溪，打到屋頂上。翠翠鼻涕眼淚成一片的走出來，跑到溪邊高崖前站定。

「喂，不早了！把船划過來！」

「船跑了！」

「你爺爺做什麼事情去了呢？他管船，有責任！」

「他管船，管了五十年的船——他死了啊！」

翠翠一面向隔溪人說著一面大哭起來。

那人知道老船夫死了，得進城去報信，就說：

「眞死了嗎？不要哭罷！我回城去告訴他們，要他們弄條船帶東西來！」

那人回到茶峒城邊時，一見熟人就報告這件事。不多久，全茶峒城裡外便皆知道這個消息了。河街上船總順順派人找了一隻空船，帶了副白木匣子，即刻向碧溪岨撐去。城中楊馬兵卻同一個老軍人趕到碧溪岨去，砍了幾十根大毛竹，用葛藤編作筏子，作爲來往過渡的臨時渡船。筏子編好後，撐了那個東西，到翠翠家中那一邊岸下，留老兵守竹筏來往渡人，自己跑到翠翠家去看那個死者，眼淚濕瑩瑩的，摸了一會躺在床上硬殭殭的老友，又趕忙著做些應做的事情。到後幫忙的人來了，從大河船上運來的棺木也來了，住在城中的老道士還帶了許多法寶，一件舊麻布道袍，並提了一隻大公雞，來盡義務辦理念經起水諸事，也從筏上渡過來了。

家中人出出進進，翠翠只坐在灶邊矮凳上嗚嗚的哭著。

到了中午，船總順順也來了，還跟著一個人扛了一口袋米、一罈酒、一大腿豬肉。見了翠翠就說：

「翠翠，爺爺死了我知道。老年人是必需死的，不要發愁，一切有我！」

各方面看看，就回去了。到了下午入了殮，一些幫忙的回的回家去了，晚上便只剩下了那老道士、楊馬兵，同順順家派來的兩個年輕長年。黃昏以前老道士用紅綠紙剪了一些花朵，用黃泥作了一些燭臺。天斷黑後，棺木前小桌上點起黃色九品蠟，燃了香，棺木周圍也點了小蠟燭，老道士披上那件藍麻布道袍，開始了喪事中繞棺儀式。老道士在前拿著個小小紙幡引路，孝子第二，馬兵殿後，繞著那具寂寞棺木慢慢轉著圈子。兩個長年則站在灶邊空處，胡亂的打著鑼鈸。老道士一面閉了眼睛走去，一面且唱且哼，安慰亡靈。提到關於亡魂所到西方極樂世界花香四季時，老兵馬就把木盤裡的紙花向棺木上高高撒去，象徵這個西方極樂世界情形。

到了半夜，事情辦完了，放過爆竹，蠟燭也快熄滅了，翠翠眼淚婆娑的，趕忙又到灶邊去燒火，爲幫忙的人辦消夜。喫了消夜，老道士歪到死人床上睡著了。剩下幾個還得照規矩在棺木前守夜，老馬兵爲大家唱喪堂歌取樂，用個空的量米木升子當作小鼓，把手剝剝剝的一面敲著升底一面唱下去——唱王祥臥冰的事情，唱黃香扇枕的事情。

翠翠哭了一整天，也同時忙了一整天，到這時已倦極，把頭靠在棺前迷著了。兩個長年同馬兵既喫了消夜，喝過兩杯酒，精神還虎虎的，便輪流把喪堂歌唱下去。但只一會兒，翠翠又醒了，彷彿夢到什麼，驚醒後明白祖父已死，於是又幽幽的乾哭起來。

「翠翠，翠翠，不要哭啦！人死了哭不回來的！」

老馬兵接著就說了一個做新嫁娘的人哭泣的笑話，話語中夾雜了三五個粗野字眼兒，因此引起兩個年長咕咕的笑了許久。黃狗在屋外吠著。翠翠開了大門，到外面去站了一會，耳聽到各處是蟲聲，天上月色極好，大星子嵌進透藍天空裡，非常沈靜溫柔。翠翠想：

「這是眞事嗎？爺爺當眞死了嗎？」

老馬兵原來跟在她的後邊，因爲他知道女孩子心門兒窄，說不定一爐火悶在灰裡，痕跡不露，見祖父去了，自己一切皆已無望，跳崖懸樑，想跟著祖父一塊兒去，也說不定！故隨時小心監視到翠翠。

老馬兵見翠翠癡癡的站著，時間過了許久還不回頭，就打著咳叫翠翠說：

「翠翠，露水落了，不冷麼？」

「不冷。」

「天氣好得很！」

「呀……」一顆大流星使翠翠輕輕的喊了一聲。

接著南方又是一顆流星劃空而下。對溪有貓頭鷹叫。

「翠翠，」老馬兵業已同翠翠並看一塊兒站定了，很溫和的說：「你進屋裡睡去了吧，不要胡思亂想！」

翠翠默默的回到祖父棺木前，坐在地上又嗚咽起來。

守在屋中兩個長年已睡著了。

那一個馬兵便幽幽的說道：「不要哭了！不要哭了！你爺爺也難過咧！眼睛哭脹喉嚨哭嘶有什麼好處。聽我說，爺爺的心事我全都知道，一切有我，我會把一切安排得好好的，對得起你爺爺。我會安排，什麼事都會。我要一個爺爺歡喜你也歡喜的人來接收這隻渡船！不能如我們的意，我老雖老，還能拿鐮刀同他們拼命。翠翠，你放心，一切有我……」

遠處不知什麼地方雞叫了，老道士在那邊床上糊糊塗塗的自言自語：「天亮了嗎？早咧！」

21

大清早，幫忙的人從城裡拿了繩索槓子趕來了。

老船夫的白木小棺材爲六個人抬著到那個傾圮了的塔後山岨上去埋葬時，船總順順、馬兵、翠翠、老道士、黃狗皆跟在後面。到了預先掘就的方穽邊，老道士照規矩先跳下去，把一點硃砂顆粒同白米安置到穽中四隅及中央，又燒了一點紙錢，爬出穽時就要抬棺木的人動手下穽。

翠翠啞著喉嚨乾號，伏在棺木上不起身。經馬兵用力把她拉開，方能移動棺木。一會兒，那棺木便下了穽，拉去了繩子，調整了方向，被新土掩蓋了，翠翠還坐在地上嗚咽。老道士要趕早回城，去替人做齋，過渡走了。

船總事多，把這方面一切事託付給老馬兵，也趕回城去了。幫忙的皆到溪邊去洗手，家中各人還有各人的事，且知道這家人的情形，不便再叨擾，也不再驚動主人，過渡回家去了。

於是，碧溪岨便只剩下三個人，一個是翠翠，一個是老馬兵，一個是由船總家派來暫時幫忙照料渡船的禿頭陳四四。黃狗因被那禿頭打了一石頭，懷恨在心，對於那禿頭彷彿很不高興，儘是輕輕的吠著。

到了下午，翠翠同老馬兵商量，要老馬兵回城去把馬託給營裡人照料，再回碧溪岨來陪她。老馬兵回轉碧溪岨時，禿頭陳四四被打發回城去了。

翠翠仍然自己同黃狗來弄渡船，讓老馬兵坐在溪岸高崖上玩，或嘶著個老喉嚨唱歌給她聽。

過三天後，船總來商量接翠翠過家裡去住，翠翠卻想看守祖父的墳山，不願即刻進城，只請船總過城裡衙門去爲說句話，許楊馬兵暫時同她住住。船總順順答應了這件事，就走了。

楊馬兵既是個五十歲了的人，說故事的本領比翠翠祖父高一籌，加之凡事特別關心，做事又勤快又乾淨，因此同翠翠住下來，使翠翠彷彿去了一個祖父，卻新得了一個伯父。過渡時有人問及可憐的祖父，黃昏時想起祖父，皆使翠翠心酸，覺得十分悽涼。但這分悽涼日子過久一點，也就漸漸淡薄些了。

兩人每日在黃昏中同晚上，坐在門前溪邊高崖上，談點那個躺在濕土裡可憐祖父的舊事，有許多是翠翠先前所不知道的，說來便更使翠翠心中柔和。又說到翠翠的父親，那個又要愛情又惜名譽的軍人，在當時按照綠營軍勇的裝束，如何使女孩動心。又說到翠翠的母親如何善於唱歌，而且所唱的那些歌在當時如何流行。

時候變了，一切也自然不同了，皇帝已不再坐江山，平常人還消說？楊馬兵想起自己年輕作馬夫時，牽了馬匹到碧溪岨來對翠翠母親唱歌，翠翠母親不理會，到如今自己卻成爲這孤雛的唯一靠山唯一信託人，不由得不苦笑！

因爲兩人每個黃昏必談祖父，以及這一家有關係的事情，後來便說到了老船夫死前的一切，翠翠因此明白了祖父活時所不提到的許多事。二老的唱歌，順順大兒子的死，順順父子對於祖父的冷淡，中寨人用碾坊作陪嫁妝奩，誘惑儺送二老，二老既記憶著哥哥的死亡，且因得不到翠翠理會，又被家逼著接受那座碾坊，意思還在渡船，因此抖氣不行，祖父的死因，又如何與翠翠有關……凡是翠翠不明白的事，如今可全明白了。翠翠把事情弄明白後，哭了一個夜晚。

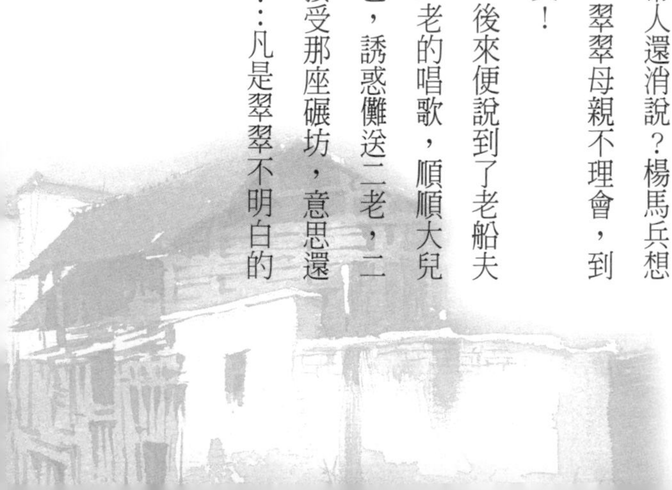

過了四七，船總順順派人來請馬兵進城去，商量把翠翠接到他家中去，作爲二老的媳婦。但二老人既在辰州，先就莫提這件事，且搬過河街去住，等二老回來時再看二老意思。馬兵以爲這件事得問翠翠。回來時，把順順的意思向翠翠說過後，又爲翠翠出主張，以爲名分既不定妥，到一個生人家裡去不好，還是不如在碧溪岨等，等到二老駕船回來時，再看二老意思。

這辦法決定後，老馬兵以爲二老不久必可回來的，就依然把馬匹託營上人照料，在碧溪岨爲翠翠作伴，把一個一個日子過下去。

碧溪岨的白塔，與茶峒風水有關係，塔圮坍了，不重新作一個自然不成。除了城中營管、稅局，以及各商號各平民捐了些錢以外，各大寨子也有人拿冊子去捐錢。爲了這塔成就並不是給誰一個人的好處，應儘每一個人來積德造福，儘每個人皆有捐錢的機會，因此在渡船上也放了兩頭有節的大竹筒，中部鋸了一口，儘過渡人自由把錢投進去，竹筒滿了馬兵就捎進城中首事人處去，另外又帶了個竹筒回來。

過渡人一看老船夫不見了，翠翠的辮子上紮了白線，就明白那老的已作完了自己分上的工作，安安靜靜躺在土坑裡給小蛆喫掉了，必一面用同情的色瞧著翠翠，一面就摸出錢來塞到竹筒中去。「天保佑你，死了的到西方去，活下的永保平安。」

翠翠明白那些捐錢人的憐憫與同情意思，心裡酸酸的，忙把身子背過去拉船。

可是到了冬天，那倒圯坍了的白塔又重新修好了，那個在月下唱歌，使翠翠在睡夢裡爲歌聲把靈魂輕輕浮起的青年人還不曾回到茶峒來。

……

這個人也許永遠不回來了，也許「明天」回來！

二十三年四月十九日完成，廿九年十月四日在昆明重校改

夏志清談沈從文的作品

在《鳳子》的第十章裏，那位「城裏客人」看了當地土著的宗教儀式後，就很興奮的對總爺說：

> 你前天和我說神在你們這裏是不可少的，我不無惑疑，現在可明白了。我自以爲是個新人，一個尊重理性反抗迷信的人，平時厭惡和尚，輕視廟宇，把這兩件東西外加一群到廟宇對偶像許願的角色，總攏來以爲簡直是一齣惡劣不堪的戲文。在哲學觀念上，我認爲神之一字在人生方面雖有它的意義，但它已成歷史的，已給都市文明弄下流，不必需存在，不能存在了。在都市裏它竟可說是虛僞的象徵，保護人類的愚昧，遮飾人類的殘忍，更從而增加人類的醜

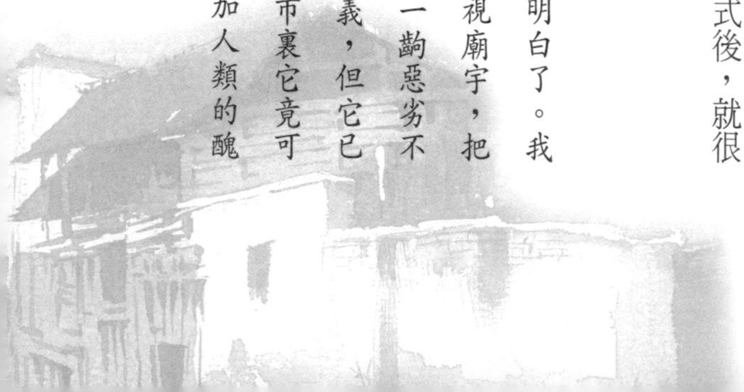

惡。但看看剛纔的儀式，我才明白神之存在，依然如故。不過它的莊嚴和美麗，是需要某種條件的，這條件就是人生情感的素樸，觀念的單純，以及環境的牧歌性。神仰賴這種條件方能產生，才能增加人生的美麗。缺少了這些條件，神就滅亡。我剛才看到的並不是什麼敬神謝神，完全是一齣好戲；一齣不可形容不可描繪的好戲。是詩和戲劇音樂的源泉，也是它的本身。聲音顏色光影的交錯，織成一片雲錦，神就存在於全體。在那光景中我儼然見到了你們那個神。我心想，這是一種如何的奇跡！我現在才明白你口中不離神的理由。你有理由。我現在才明白爲什麼二千年前中國會產生一個屈原，寫出那麼一些美麗神奇的詩歌，原來他不過是一個來到這地方的風景紀錄人罷了。屈原雖死了二千年，「九歌」的本事還依然如故。若有人好事，我相信還可從這古井中，汲取新鮮透明的泉水！[1]

這一段話，若拿來當一個現代中國作家的「宗教觀」來看，雖嫌天眞，但其中自有其智慧，與當時的功利唯物思想，恰成一強烈的對照。在這裏，沈從文並沒有提出任何超自然的新秩序；他只肯定了神話的想像力之重要性，認爲這是使我們在現代社會中，唯一能夠保全生命完整的力量。在這方面，他創作的目標是與葉慈相仿的；他們都強調，在唯物主義文化的籠罩下，人類得跟神和自然，保持著一種協調和諧的關係。只有這樣才可以使我們保全做人的原始血性和驕傲，不流於貪婪與奸詐。沈從文與他同期的大部份作家另外一個不同之點是，他雖然對資產階級生產方式的無聊與墮落感到深惡痛絕，卻拒絕接受馬克思主義烏托邦式的夢想。因爲這種烏托邦一出現，神祇就要從人類社會隱沒了。他對古舊中國之信仰，態度之虔誠，在他同期作家中，再也找不出第二個。

這個古舊的中國，農村的「封建」經濟，極少受到現代貿易方式的影響（更不用說其他的現代意識形態了），因此範圍越來越縮小了。可是沈從文對此信心不減，而且還能在這種落後的甚至怪誕的生活方式下，找出賦予我們生命力量的人類淳樸純眞的感情來。但沈從文並不是一個一切唯原始是尚的人，更不是一個感情用事、好迷戀過去、盲目拒絕新潮流的作家。雖然他有作品是可以稱爲「牧歌」型的，但綜觀其小說，不但寫到社會各方面，而且對當時形勢的認識，也非常深入透徹。他的作品顯露著一種堅強的信念，那就是，除非我們保持著一些對人生的虔誠態度和信念，否則中國人——或推而廣之，全人類——都會逐漸的變得野蠻起來。因此，沈從文的「田園氣息」，在道德意識來講，其對現代人處境關注之情，是與華茨華斯、葉慈和福克納等西方作家一樣迫切的。

爲了表示他與其他作家的不同，沈從文很喜歡強調自己的農村背景（以別於在大都市受育出身的作家）。在〈習題〉裏他這樣寫道：「我實在是個鄉下人，說鄉下人我毫無驕傲，也不在自貶，鄉下人照例有根深蒂固永遠是鄉巴佬的性情，愛憎和哀樂自有它獨特的式樣，與城市中人截然不同！他保守，頑固，愛土地，也不缺少機警卻不甚懂詭詐。他對一切事照例十分認眞，似乎太認眞了，這認眞處某一時就不免成爲『傻頭傻腦。』」❷

像其他許多現代中國作家一樣，沈從文出身雖然貧苦，但總算是個書香門第，絕非鄉巴佬。但他既自稱「鄉下人」，自有一番深意。一方面，這固然是要非難那班在思想上貪時髦，一下子就爲新興的主義理想沖昏了頭腦，把自己的傳統忘記得一乾二淨的作家。第二方面，他自稱爲「鄉下人」，無非是要我們注意一下他心智活動中一個永不枯朽的泉源。這就是他從小在內地或與之爲伍的農夫、士兵、船伕和小生意人。他對這些身價卑微的人，一直忠心不貳。

直到他廿歲突然想到北京去讀書，準備將來從事寫作爲止，沈從文的生活，可說與那個當時正受西方精神和物質影響下的中國毫無關係。沈從文一九〇一年出生，湘西鳳凰人，祖父沈洪當，「二十二歲左右時，便曾一度作過雲南昭通鎮守使。同治二年又作過雲貴總督」。他的父親和叔伯輩都做過軍人，但卻沒有搞出什麼名堂來。由於他父親在童年的大部份時間中，都駐守在北京，因此對他也疏於管教。他常常逃課，在家鄉附近到處遊山玩水，也因此看盡了人生和自然百態。

有關這一段的生活，他在《從文自傳》（這本自傳實在是他一切小說的序曲）這樣寫道：「就爲的是白日裏太野，各處去看，各處去聽，還各處去嗅聞；死蛇的氣味，腐草的氣味，屠戶身上的氣味，燒碗處土窯被雨淋以後放出的氣味，要我說來雖然無法用言語去形容，要我辨別卻十分容易。蝙蝠的聲音，一隻黃牛當屠刀刺進牠喉中時嘆息的聲音，藏在田塍土穴中大黃喉蛇的鳴聲，黑暗中魚在水面撥刺的微聲，全因到耳邊時分量不同，我也記得那麼清清楚楚。」[3]

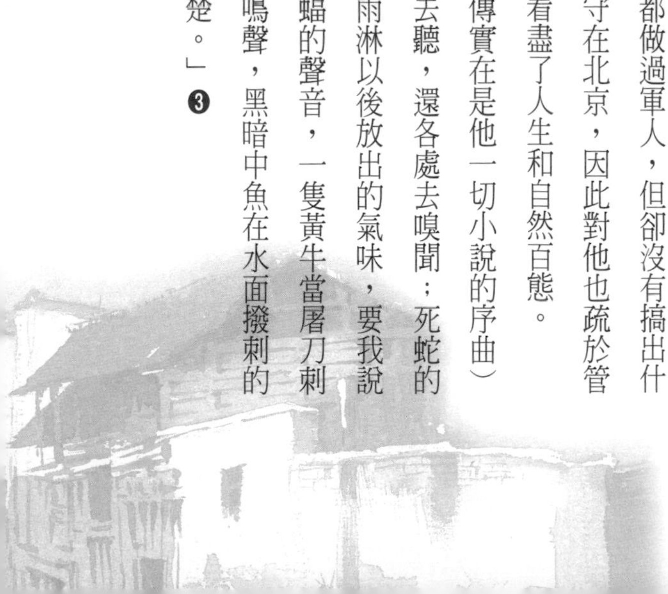

十三歲那年，「將軍後人」的沈從文，徵得母親同意，進了在當地舉辦的預備兵技術班。他在班裏學不到甚麼軍事知識，卻跟一個名叫「籐師傅」的老教頭交上了朋友。這籐師傅好像是一個從俠義小說跑出來的人物，眞是十八般武藝，件件皆能，難怪十三歲的沈從文，對他敬佩異常。約過了兩年，沈從文得到當事人的許可，得用補充兵的名義，駐防辰州（沅陵），四個月後又移防到懷化。在這個小鄉鎮裏耽了只不過一年零四個月，他卻看過七百個人被砍頭。後來，他追隨著各個不同的部隊散佈到湖南、四川、貴州各地方去。除了軍職以外，他還做過警察局的文書，管過稅務。也做過報館的校對。

在這一段混跡江湖的日子中（他是湘西沅水上下流船隻的常客），沈從文結交了各式各樣的人物，如軍官、土匪、私娼和舟子。因此小小年紀，他就已接觸過成人世界裏情慾、墮落與英雄色彩的一面。在這許多他經歷過的事件中，有些看來是非常邪惡的，但換了另一種眼光看，卻是人類精神一種美的表現。這些事件，都留給他深刻的印象。後來，在《從文自傳》和不少短篇小說中，他就把那些最令他難忘的之物和事件紀錄下來。〈三個男子和一個女人〉就是這樣的一個故事。一個年紀輕輕的豆腐店老板，在他私戀的女子死了以後，把她從墳墓裏挖出來，背到山洞去睡了三天三夜。後來事發，判了死刑，他一點也不後悔，連說「美得很，美得很。」另外一個例子是〈大王〉，講的是一個改過自新的土匪（生平曾親手殺過兩百多個人）在某一司令官處當弁目（保鏢），忠心不渝，不料後來因一個女人的牽連，竟給司令官殺了。❹

這一段流浪的歲月，對沈從文後來的寫作生活，非常重要，不但因爲他可以從此獲得不少見識和刺激性的經驗，而且，最重要的是，使他增加了歷史感和對事實的認識。就由於這種認識，使他後來面對左派強迫附和的壓力時，不爲所動。中國人民的生活，美的見過了，醜的也見過了。因此，他一開始就能夠拒絕接受共產黨解釋中國社會結構的濫調；封建主義與帝國主義。

在這一段流浪期間，沈從文碰到不少因緣際會，也交到了一些對他有幫助的朋友，對他後來從事文學創作的決心，發生過很大的影響。這個時候，他讀了林紓翻譯的狄更斯的作品，爲書中的人物情節著迷（他的構想力與這位英國小說家有若干相像的地方），廢寢忘食的讀上幾個月。上海來的報紙，令他大開眼界，因爲裏面

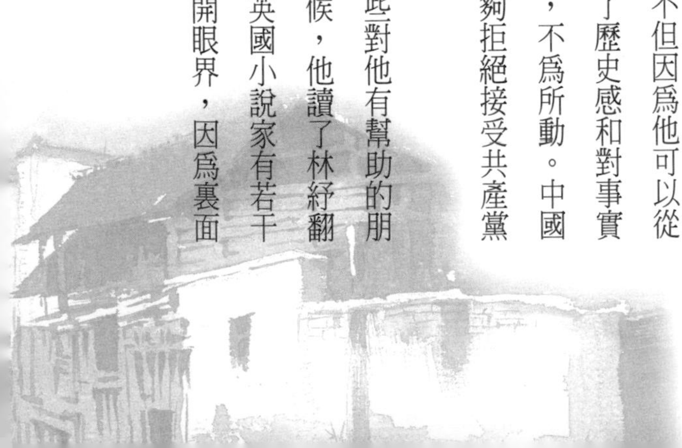

所載的事，對他完全陌生，是一個「新中國」。

在報館當校對時（這是他在一九二二年上北京前最後的一個差事），他認識了一個印刷工頭，與他同住在一間房子裏，並因他介紹，讀到許多自五四以來所出版的新書雜誌。在此以前，沈從文臨過帖、細心的讀過《辭源》、更讀過古詩古文——可是跟中國的新思想與新文學接觸，這是第一次。這可把他迷住了。他苦思了四日四夜後，才把要北京去上學的決心告訴上司，上司非常鼓勵他，還在經濟上幫了他的忙。那時他已經二十歲，而中國現代文學中一個最傑出的、想像力最豐富的作家的生命，就在這時開始。

在北京苦寫了兩年後，沈從文漸露頭角，開始受到英美派如胡適、徐志摩、陳源等人的注意。一九二四年後，他的文章，常在上述這班人的刊物上發表：即北京《晨報副刊》、《現代評論》、《新月》等。表面看來，這一批英美派教授和學者跟這個連一句英文都不會說的「鄉下人」實在沒有甚麼相同的地方。

丁玲在一九五〇年就這麼說過：「沈從文是一個常處於動搖的人，又反對統治者（沈從文在青年時代的確也有過一些這種情緒），又希望自己也能在上流社會有

些地位……沈從文因爲一貫與新月社、現代評論派有些友誼，所以他始終有些羨慕紳士階級……他很想能當一位教授。」❺

丁玲的話，當然大錯特錯，沈從文跟那些教授作家能建立友誼，主要因爲意氣相投。到了一九二四年，左派在文壇上的勢力已漸佔上風，胡適和他的朋友，面對這種歪風，只有招架之力。在他們的陣營中，論學問淵博的有胡適自己，論新詩才華的有徐志摩，可是在小說方面，除了凌叔華外，就再沒有甚麼出色的人才堪與創造社的作家抗衡了。他們對沈從文感興趣的原因，不但因爲他文筆流暢，最重要的還是他那種天生的保守性和對舊中國不移的信心，他相信要確定中國的前途，非先對中國的弱點和優點實實際際的弄個明白不可。胡適等人看中沈從文的，就是這種務實的保守性。他們覺得，這種保守主義跟他們所倡導的批判的自由主義一樣，對當時激進的革命氣氛，會發生撥亂反正的作用。他們對沈從文的信心沒有白費，因爲胡適後來致力於歷史研究和政治活動，徐志摩於一九三一年撞機身亡，而陳源退隱文壇——只剩下了沈從文，卓然而立，代表著藝術良心和知識分子不能淫不能屈的人格。

沈從文是個勤於寫作，不斷求進步的短篇小說家。一開始時，他大概還沒有體會到寫小說原來要顧慮到那麼多技術性的東西的。他常常在文體與主題上做著各種不同的試驗，寫了一連串的短篇小說，有好的，有壞的，更有寫後連他自己也不知是甚麼的東西的。共黨批評家，看到他這種鍥而不捨的精神（慢慢地，他已摸索出一種個人的文體），對當前政治問題避而不談的態度，不大把他放在眼內，只覺得他只是個多產但意識形態落後的文體家而已。可是，過了幾年，他在文壇上的地位越來越重要了。到一九三四年他接編「大公報」文藝副刊時，他已成爲左派作家心目中的右派反動中心。從那時開，到抗戰勝利之後，他一直是共產黨毒罵的對象。他被認爲是「國民黨走狗」，爲統治階級和地主階級引風撥火。可是，滑稽的是，他在四十年代間，與政府的關係並不好。對這些莫須有的攻擊，沈從文覺得不屑一顧，而他後來的表現，也在在證明他是一個眞正的藝術家，對自己的作品極有信心。早在一九三六年，他就頗以自己的「落後」爲榮了：「兩千年前的莊周，彷彿比當時多少人都落後了一點，那些人早死盡了。到如今，你和我愛讀『秋水』『馬蹄』時彷彿面前還站有那個落後的人。」❻

沈從文藝術的成長在最初的階段緩慢得近乎痛苦。他開始寫作時，全憑自己摸索，對西方的小說傳統，可說全無認識。由一九二四年到一九二八年間，他爲生活所迫，大量的生產小說，把自己豐富的想像力都濫用了。而這幾年間，本應是他的學習階段，他的故事也眞像說個不完似的，有關他身邊瑣事的、學生的、集居沿海各城市中的小資產階級和無產階級的生活、湘西如詩如畫的風土人情、苗區的俊男俏女——這一切一切都出現於他的小說中。雖然這些小說，大體說來，都能夠反映出作者對各種錯綜複雜經驗的敏感觀察力，但在文體上和結構上，他在這一階段寫成的小說，難得有幾篇沒有毛病的。由於他對現代短篇小沒有甚麼認識，所以沈從文的敘述方法，都是傳統性的。這本來沒有甚麼關係，可是，大概是由於缺少正統訓練之故，他常出怪主意，在小說中往往不問情由的加插了一大段散文式的按語和嚕囌描述。他對西方小說本來不熟，可是看了《阿麗思漫遊奇境記》後，就模倣了路易．喀羅的筆法，寫了一本名爲《阿麗思中國遊記》的諷刺性作品。而《月下小景》則是倣照《十日談》（*The Dacumeron*）所組成的佛家故事，「全部分出自《法苑珠林》所引諸經」（見《月下小景》題記）。其實，沈從文很早就寫得一手

好文章，簡潔、流暢。可是，大概是爲了要補償不諳洋文的自卑心理，他偏要寫出冗長的、像英文「掉尾句」一樣的斷斷續續的句子來。

蘇雪林對他這一時期的小說，批評得至爲中肯：

> 次用字造句，雖然力求短峭簡練，描寫卻依然繁冗拖沓。有時累累數百言還不能表達出「中心思想」。有似老嫗談家常，叨叨絮絮，說了半天，聽者尚茫然不知其命意之所在；又好像用軟綿綿的拳頭去打胖子，打不到他的痛處。他用一千字寫的一段文字，我們將它縮成百字，原意仍不失。因此他的文字不能像利劍一般刺進讀者心靈，他的故事即寫得如何悲慘可怕，也不能在讀者腦筋裏留下永久不能磨滅的印象。❼

上面的評語，用於沈從文的苗族故事上，最恰當不過了。一九三二年以來，沈從文誠然很少再寫這一類的小說，但他既自己選了三個這一類的故事（〈月下小景〉、〈白小羊〉和〈龍朱〉）給翻譯成英文（載於金隄和 Robert Payne 編的《中國土地》〔*The Chinese Earth*〕上），這就表示他實在對這類題材有所偏愛了。照理說，他既常往來於湖南、貴州和四川之間，他對苗人生活習俗的認識，應該是沒問題的了。但這種認識是缺乏人類學研究根據的，不夠深入，因此沈從文往往把這些土著美化了。舉例來說，在描寫苗族青年戀人的歡樂與死亡時，沈從文就讓自己完全耽溺於一個理想的境界。結果是，寫出來的東西與現實幾乎毫無關係。我們即使從文字中也可看出他這種過於迷戀「牧歌境界」與對事實不負責的態度。且看他怎樣介紹他心愛的人物——龍朱。

> 郎家苗人中出美男子，彷彿是那地方的父母全曾參與過雕塑阿波羅的工作，因此把美的模型留給兒子了。族長龍朱年十七歲，是美男子中的美男子。這個人，美麗強壯像獅子，溫和謙馴如小羊。是人中模型。是權威。是力。是光。種種比譬全是爲了他的美。其他德行則與美一樣，得天比平常人都多。❽

這一段的頭二句，簡直不知所謂。「像獅」、「像羊」這一類的形容詞也是無

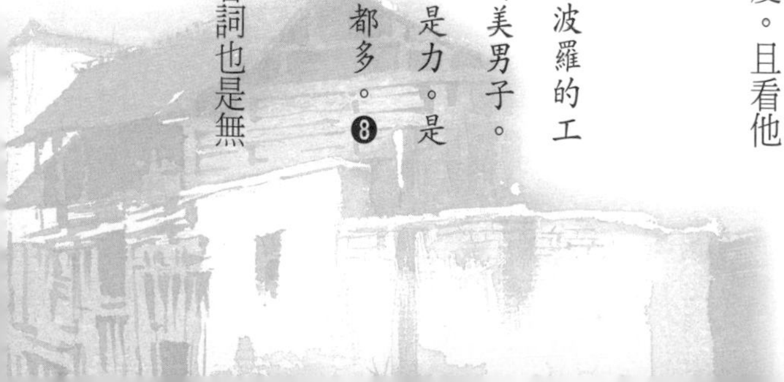

聊得很。自然，像這一個「壞」的例子，在他的「壞」小說中，也眞是個例外。不過沈從文既能寫出這種文體來，我們就知道他成熟得多慢了。他賣文爲活的生涯，一直到在學校教書時才見好轉。一九二九年，他辦的兩種雜誌（《人間》和《紅與黑》）都先後失敗，他便受聘到當時胡適做校長的吳淞「中國公學」去教中文。一九三〇年他在國立武漢大學教了一個學期，次年即到青島大學任中國文學系教授，一直到一九三四年爲止。從一九三四年到戰後，他歷任北大和西南聯大的中文系教授（戰後返回北大）。在三十年代初期和中期，他綽約多姿的文體，已自成一家，不能不使人承認，這是他教學期間，對中文各種文體變化苦心鑽研的結果。這幾年也是他私生活最快樂的時期，戀愛的成功與婚姻的幸福給他添了新的創作靈感，他常出門旅行，有幾次回到家鄉去耽了一段頗長的時期，使他與當地老百姓的感情，又重新培養起來。從一九三〇年到一九三七年間這一段日子，他的寫作收獲極豐，短篇小說計有《如蕤集》、《浮世輯》、《八駿圖》、《新與舊》、《主婦集》等；中篇小說有《邊城》。此外還有兩個出色的散文集子（《從文自傳》和《湘行散記》）和比較次要的文評、傳記文章等。

沈從文寫了這麼多的小說，包括的範圍又這麼廣，因此，在我們討論他個別作品之前，最好先弄清楚他對人生一般的看法。首先，他認爲人類若要追求更高的美德，非得保留如動物一樣的原始純良天生不可。他覺得，一個人即使沒有高度的智慧與感受能力，照樣可以求得天生的快樂和不自覺地得來的智慧。這種看法，當然是道家的羅曼蒂克的看法。在「會明」這一個早期的小說中（其中有不少累贅囉嗦的片斷），火夫會明，在軍隊裏消磨了三十多年，但一點沒有氣餒，非常心安理得地盼望目前境況之好轉。他目前只有一個模模糊糊的希望，希望有一天能住在西部邊境一個闊大的森林裏。他這個夢想是從都督蔡鍔一次訓話得來的，蔡將軍說要開發西北，在那裏駐軍隊，一面墾闢荒地，一面生產糧食。別人常戲弄他的「獃處」，可是他不以爲意，照樣抽他的旱煙，夢想著樹林。爲了要打軍閥和打反革命，會明隨同軍隊，移到前線去。他覺得，假使既然要打，最好就趕快動手，因爲一到了夏天，屍體就容易發臭。可是一連等了幾天都無動靜，他就到離駐處不遠的一個小村落去買點補給品，順便就和村民聊起來。有一次，村裏有個人送了一隻母

雞給他，他帶回帳篷來了。自此以後，餵母雞，等候母雞生蛋給了他一種前所未有的快樂。沒多久，二十隻嫩黃乳白的小雞孵下來了。就是這樣每天忙著照料小雞，他連要住在邊陲森林中的夢也忘了。後來和議局勢成熟，會明隨軍隊撤回原防地：

> 在前線，會明是火夫，回到原防地會明也是火夫，不打仗，他彷彿覺到去那大樹林涯很遠，插旗子到堡上，望到這一面旗被風吹的日子還無希望。但他餵雞，他細心的照料牠們，多餘的草煙至少能對付四十天，他是很幸福的。六月來了，這一連人沒有一個腐爛，會明望到這些人微笑時，那微笑的意義，是沒有一個人明白的。[9]

在這一個簡單的故事中，我們不難從會明對那些小雞自然流露出來的關心與快樂，看出沈從文對道家純樸生活的嚮往。會明不但是個華茨華斯詩中的人物，而且還是個永恆不變的「中國佬」（Chinaman），對土地長出來的智慧，堅信不移，又深懂知足常樂的道理，使自己的生活，不流於卑俗。更能表達這種純眞與自然的力量的，是《蕭蕭》（一九二九年初稿，一九三五年修訂）。在中國內地貧窮的區域裏，常有「童養媳」這種風俗。蕭蕭是個孤兒，十二歲嫁農家時，「小丈夫」才三歲，還在吃奶。依地方規矩，「過了門，她喊他弟弟。她每天應作的事是抱弟弟到村前柳樹下去玩，餓了，餵東西吃，哭了，就哄他。」到十四歲時，蕭蕭已經發育成熟，幫工中有名叫花狗者，靠唱山歌和花言巧語騙了她的身子。沒幾個月後，蕭蕭肚皮漸大，花狗棄她而去。蕭蕭急起來了，到廟裏許願，吃了一大把香灰，又常常到溪裏去喝冷水。但這些方法都沒有用，腹中的孩子，還在慢慢長大，終被家人發覺了。於是她婆婆家的祖父就請了蕭蕭的伯父來，商量是否要依規矩沈潭淹死，或賣給人家作妾。伯父不忍把蕭蕭沈潭，蕭蕭也只好在丈夫家中住下，直等有主顧來看人來再走：

> 這件事既經說明白，倒又像不怎麼要緊，大家反而釋然了。先是小丈夫不能再同蕭蕭住在一處，到後又仍然如月前情形，姊弟一般有說有笑的過日子了。

丈夫知道了蕭蕭肚子中有兒子的事情，又知道因爲這樣蕭蕭才應當嫁到遠處去。但是丈夫並不願意蕭蕭去，蕭蕭自己也不願去，大家全莫名其妙，像逼到要這樣，不得不做。

在等候主顧來看人，等到十二月，還沒有人來。

蕭蕭次年二月間，坐草生了一個兒子，圓頭大眼，聲響宏壯，大家都把母子二人照料得好好的，照規矩吃蒸雞和江米酒補血，燒紙謝神，一家子都歡喜那兒子。

生下的既是兒子，蕭蕭不嫁別處了。

到蕭蕭正式同丈夫大拜堂圓房時，兒子年紀十歲，已能看牛割草，成爲家中生產者一員了。

平時喊蕭蕭丈夫做大叔，大叔也答應，從不生氣。

這兒子名叫牛兒，牛兒十二歲也娶了親，媳婦年長六歲。媳婦年紀大，方能諸事作幫手，對家中有幫助。嗩吶吹到門前時，新娘在轎中嗚嗚的哭著，忙壞了那個祖父、曾祖父。

這一天，蕭蕭抱了自己新生的月毛毛，卻在屋前榆蠟樹籬笆看熱鬧，同十年前抱丈夫一個樣子。[10]

蕭蕭的身世，使我們想到福克納小說《八月的光》裏的莉娜・格洛芙（Lena Grove）來。兩人同是給幫工誘姦了的農村女，可是兩人人格之完整，卻絲毫未受侵害。由此看來，沈從文與福克納對人性這方面的純眞，感到相同的興趣（並且常以社會上各種荒謬的或殘忍的道德標準來考驗它），不會是一件偶然的事。他們兩人都認爲，對土地和對小人物的忠誠，是一切更大更難達致的美德，如慈悲心、豪情和勇氣等的基礎。蕭蕭所處的，是一個原始社會，所奉信的，也是一種殘缺偏差的儒家倫理標準。可是，事發後，她雖然害怕家庭的責難和懲罰，但這段時間並不長，而且，也沒有在她身心，留下甚麼損害的痕跡。讀者看完這小說後，精神爲之一爽，覺得在自然之下，一切事物，就應該那麼自然似的。

像蕭蕭這樣的女孩子，純潔無邪，事事對人信任，常在沈從文的小說中出現。在《三三》中，與題目同名的女主角，自那位從城裏來的青年人因肺病死後，就覺得很傷心，對他懷念不已，因爲有一段日子，這位青年是她念念不忘的人。《邊城》的女主角翠翠，是個老舟子的孫女兒，每天都耐心地等著那個情歌唱得像竹雀一樣好聽的、但卻愛鬧脾氣的青年人回來。可是，三三與翠翠卻不同於蕭蕭。蕭蕭的自我意識是潛伏著的，而這兩位鄉下姑娘卻是初戀的代表，內心滿了渴切的情懷和希望。但也僅於希望而已，因爲她們的愛情，永遠得不到成人的滿足。

如果我們可以把沈從文的小說世界分成兩邊，一邊是露西（Lucy）型態的少女（如三三、翠翠），那麼另外一邊該是華茨華斯的第二種人物：飽歷風霜、超然物外，已不爲喜怒哀樂所動的老頭子。《生》（一九三三年）所描寫的，便是一個在北京城十剎海雜戲場內玩傀儡的老頭子。他今年已六十多歲了，手上只有一對傀儡，一名王九，一名趙四，表演摔跤。這老頭生意顯然不好，因爲他在表演時，還要躲躲閃閃的，希望能避過收小攤捐的巡警。故事的背景，相當熱鬧，可是故事的本身，卻僅是一篇平凡的寫實人道主義作品而已，只有到結尾兩段時，我們才進入了老頭子的內心世界：

他於是同傀儡一個樣子坐在地下，計數身邊的銅子，一面向白臉傀儡王九笑著，說著前後相同，既在博取觀者大笑，又在自作嘲笑的笑話。他把話說得那麼親暱、那麼柔和。他不讓人知道他死去了的兒子就是王九，兒子的死乃由於趙四相拚也不說明。他決不提這件事。他只讓人眼見傀儡王九與傀儡趙四相毆相撲時，雖場面上王九常常不大順手，上風皆由趙四佔去，但每次最後的勝利，總仍然歸那王九。

王九死了十年，老頭子在北京城圈子裏外表演王九打倒趙四也有了十年，那個眞的趙四，則五年前在保定府早就害黃疸病死掉了。⓫

這一個要言不繁的結局，把整個故事提昇到很高的一個境界。老頭子不斷的把兒子與趙四相拚的一段往事，以演傀儡戲的手法重演出來，使人更覺得他孤寂之中帶有一種偉大，如華茨華斯兩首名詩裏的老人邁格爾（Michael）和撈水蛭者（Leech Gatherer）一樣。

在《夜》這個故事裏，沈從文頗有點悠然自得地記述這件往事：有一次，他和

軍隊裏四個夥伙出差時迷了路，投宿到一個老頭子的家裏。晚上這五個大兵輪流講故事時，老頭只是靜靜的聽著，彷彿滿懷心事似的，後來他們迫著他也說一故事來湊興時，他說沒有甚麼故事可講的。

可是，說來說去天已亮了，荒雞在遠處喊了，我把故事說完時，幾個聽故事的同伴已無心再談故事，大家皆要打盹了。我獨顯得精神十足，極懇切的要求老人家的話語。我要多知道他怎麼就成了他的過去。老年人望了火堆一會，望到四個兵士皆低頭無語，就說：「我到我房裏去看看，你若一定要故事，你隨了我來。」我當眞跟到他走去，他開了鎖，我歡喜極了。我以爲他一定有許多寶物在房中，並且一定還得傳授我甚麼秘法同兵書，因爲我從他的神氣上看得出他那種不高興人間世的樣子，我覺得眞正隱者的態度可以原諒，恭恭敬敬的跟他到後面，進到那小房裏。

可是使我失望極了。房中除了一些大小乾菓罎罐，就是一鋪大床。這裏床上分分明明的是躺著一個死婦人。一個黃得黃臉像臘，又瘦又小，乾癟如一個烤白薯在風中吹過一個月的樣子的死人。

我說：「這是怎麼，你家死了人！」

他一點不失卻見時態度，用他那憂鬱的眼色對我望著，口中只輕輕的嘆了一口氣。

我說：「這究竟是甚麼要緊事，我不明白！」

「這是我的故事，這是我的一個妻，一個老同伴，我們因爲一種願心一同搬到這孤村中來，住了十六年，如今我這個人，恰恰在昨天將近晚飯的時候就死去了。若不是你們來我就得伴她睡一夜。……我自己也快死了，我的故事是沒有，我就有這些事情，天亮了，你們自己燒火熱水去，我要到後面挖一個坑，既然是不高興再到這世界上多吃一粒飯做一件事，我還得挖一個長坑，使她安靜靜的睡到地下等我。……」

當這故事的作者和他的夥伴離開時——

> 我聽到一個鋤頭在屋左邊空地掘土的聲音，無力的，遲鈍的、一下兩下的用鐵鍬咬著濕的地面。⑫

這故事結構相當鬆懈（因爲非此不能把幾個不同的故事串在一起），也是沈從文小說中較弱的一個。可是在故事末段時，這老人留下給我們的印象，實在令人難忘。而且，這老人更代表了人類眞理高貴的一面：他不動聲色，接受了人類的苦難，其所表現出來的端莊與尊嚴，實在叫人敬佩。相較之下，葉慈因自己老態龍鍾而表現出來的憤懣之情，以及海明威短篇小說「一個乾淨明亮的地方」中那個患了「空虛感失眠症」的老頭子，都顯得渺小了。

天眞未鑿，但快將要邁入成人社會的少女；陷於窮途絕境，但仍肯定生命價值的老頭子——這都是沈從文用來代表人類純眞的感情和在這澆漓世界中一種不妥協的美的象徵。這個世界，儘管怎麼墮落，怎麼醜惡，卻是他寫作取材時唯一的世界：除非我們留心到他用諷刺手法表露出來的憤怒，他對情感和心智輕佻不負責態度的憎恨，否則我們不會欣賞到小說牧歌性的一面。對左派批評家和讀者的指責

（說他只是一個以娛樂別人爲目標的「文體家」），沈從文非常冷靜的答辯道：「你們能欣賞我故事的清新，照例那作品背後蘊藏的熱情卻忽略了；你們能欣賞我文字的樸實，照例那作品背後隱伏的悲痛也忽略了。」[13]

沈從文對人類純眞的情感與完整人格的肯定，無疑是對自滿自大、輕率浮躁的中國社會的一種極有價值的批評。這種冷靜明智的看法（vision），不但用於渾樸的農村社會適當，用於懶散的、懦弱的、追求著虛假價值的，與土地人情斷絕了關係的現代人，也很適宜。

在沈從文描寫現代都市生活的小說中，諷刺性越明顯的，越不成功。此無他，他說教說得太明顯之故也。但其中也有幾個寫得很好的，把現代中國的病態一針見血的寫了出來。一九三七年刊出的〈大小阮〉就是一個例子。大阮是個拘謹的人，過的是舊派士大夫階級的生活，頗懂得享受，最後竟回到母校去當校長。小阮則是個機會主義者，性情衝動，說是爲了追求革命利益而過著出生入死的生活，最後死於獄中。對小阮這種「烈士行爲」的看法，沈從文盡量避免採取任何黨派立場，既不稱讚，也不反對。他對中國這種革命青年的態度，頗像英國批評家兼詩人馬修·

安諾德對浪漫詩人的評價一樣，他們的熱心和勇氣都夠了，可是懂的卻不多。

沈從文在中國文學上的重要性，當然不單只建築在他的批評文字和諷刺作品上，也不是因爲他提倡純樸的英雄式生活的緣故。他對現代中國文學和生活方式的批評，固然非常中肯，非常有見地；他對人類精神價值的確定，固然切中時害——但造成他今天這個重要地位的，卻是他豐富的想像力和對藝術的摯誠。我們若把他早期的小說，拿來和它們後來的改正本（沈從文是現代中國作家唯一有改寫習慣的一個）或者其他三十年代的成熟小說，互相比較一下，那麼，令我們感到驚異的，不單是他藝術方面的成長，而且還有忠於藝術的精神。在他成熟的時期，他對幾種不同文體的運用，可說已到隨心所欲的境界。具有玲瓏剔透牧歌式的文體，裏面的山水人，呼之欲出。這是沈從文最拿手的文體，而《邊城》是最完善的代表作。此外還有受了佛家故事影響的敘述體，筆調簡潔生動。最後值得一提的是他模仿西方句法成功後的文體（他早期也模仿過，但不成功，這點我們在前面提過了）。他對這種文體的處理，花了很多的心機。我們試拿他的《主婦》（一九三六）做例子。這故事寫的是一個結婚三年的女人，一天早上起來，在床上胡思亂想：

一朵眩目的金色葵花在眼邊直是晃，花蕊紫油油的，老在變動，無從捕捉。她想起她的生活，也正彷彿是一個不可把握的幻影，時刻在那裏變化，甚麼是眞實的，甚麼是最信的，說不清楚。她很快樂。想起今天是個希奇古怪的日子，她笑了。

今天八月初五，三年前同樣的一個日子裏，她和一個生活全不相同，性格也似乎有點古怪的男子結了婚。爲安排那個家，兩人坐車從東城跑到西城，從天橋跑到後門，選擇新家裏一切應用的東西……正同姊姊用剪子鉸著小小紅喜字，預備放在糕餅上去，成衣人送來了一襲新衣。「是誰的？」「小姐的。」拿起新衣跑進新房後小套間去，對鏡子試換新衣。一面換衣一面胡胡亂亂的想著：

……一切都是偶然的，這一時或此一時。想碰頭太不容易，要逃避也枉費心力。一年前還老打量著穿件灰色學生制服，扮個男子過北平去讀書，好個浪漫的想像！誰知道今天到這裏卻準備扮新娘子，心甘情願給一個男子作小主婦⓮。

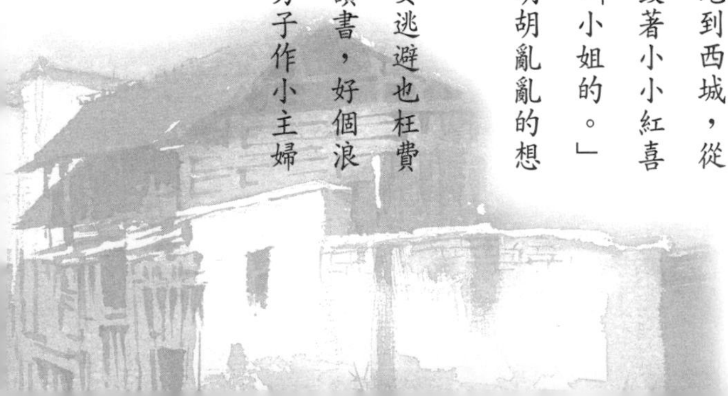

以上的事，都是在這女主角的腦海中發生的。爲了要捕捉一個人在回憶時各種流盪飄忽的印象和感受，沈從文的句法，顯然受了西方現代小說家的影響。

當然，沈從文的文體和他的「田園視景」是整體的，不可劃分的，因爲這二者同是一種高度智慧的表現，一種「靜候天機，物我同心」式的創作力（negative capability）之產品。能把一棵樹的獨特形態寫好，能把一個舟子和一個少女樸實無華的語言、忠實的人格和心態歷歷勾劃出來，這種才華，就是寫實的才華。雖然沈從文受了自己道德信念的約束，好像覺得非寫鄉土人情不可，我個人卻認爲，最能表現他長處的，倒是他那種憑著特好的記憶，隨意寫出來的景物和事件。他是中國現代文學中最偉大的印象主義者。他能不著痕跡，輕輕的幾筆就把一個景色的神髓，或者是人類微妙的感情脈絡勾劃出來。他在這一方面的功夫，直追中國的大詩人和大畫家，現代文學作家中，沒有一個人及得上他。在《逃的前一天》、《山道中》以及許多短篇和長篇小說的無數片斷中，我們都可以找到表現了沈從文高度印象主義寫作技巧的例子。

沈從文的小說中，我打算拿出來做最後一個例子的是《靜》，因爲在這短短的十多頁裏，我們可以看到他藝術上各方面的成就——他描寫情景的印象派手法和他對處於戰亂憂患中的人類尊嚴的關心。故事講的是一個飽經離亂之苦的家庭，男的在軍中，女的帶著兒女疏散到一個小鎮去暫住，等候三個男人的消息和接濟。母親肺病咯血，得躺在床上養病。大女兒和媳婦到外邊求神問卜去了，小丫頭翠雲在洗衣服。青天的日子極長。全家中比較從容自由的只有十五歲的岳珉和她的小侄兒北生（五歲）。因爲年紀的關係，他們沒有完全給家庭所處的窘境困住。而沈從文這篇美麗動人的小說，就是環繞著這兩個人身上發生的。

故事開始時，岳珉正在後樓頂晒台上看風箏，沒多久，北生就爬著樓梯上來了。從晒台望開去，是一大片春意，「河對面有一個大坪，綠得同一塊大氈茵一樣，上面還繡得有各樣顏色花朵。」樓下的房子，本來就昏暗得發霉，更加上一個抱病的老太婆、等候信息的焦心和憂慮，所以若非到這晒台上來，這兩個小孩是難得看到這些春天的景色的。難怪北生一看到小河旁邊「……有三匹白馬，兩匹黃馬，沒人照料，在那裏吃草，從從容容，一面低頭吃草一面散步……就狂喜的喊著：『小姨，小姨，你看！』小姨望了他一眼，用手指指樓下，這小孩子懂事，恐怕下面知道，趕忙把自己手掌摀到自己的嘴唇，望望小姨，搖了一搖那顆小小的顱，意思像是在說：『莫說，莫說，不要讓他們知道！』」[15]

但最需要陽光、春風、綠草和那「又青又軟」的小河的，卻是岳珉。在這苦悶的沈寂中，她想到許多自己的問題，特別是到上海讀書的願望。她看著一個小尼姑從小菴堂裏出來到河邊去洗菜和洗衣服，自己也覺得快好了一陣子。可是不多久，那種悶人的靜寂又回來了。她回到房間去看她母親：

「你咳嗽不好一點嗎？」

「好了好了，不要緊的，人不吃虧，我自己不小心，早上吃魚，喉頭稍稍有點火，不要緊的。」

這樣問答著，女孩便想走過去，看看枕邊那個小痰盂。病人明白那個意思了，就說：「沒有甚麼。」又說：「珉你站在那裏莫動，我看看，這個月你又長高了！簡直像個大人了。」

女孩岳珉害羞似的笑著：「我不像竹子吧，媽媽。我擔心得很，十五歲就這樣高，不好看。人長高了要笑人的。」⑯

岳珉的姊姊和嫂嫂下課回家後，家裏幾個人又聊起來。到了傍晚，岳珉又上晒樓去了，既不是爲看風箏，也不是爲看新娘子騎馬過渡，她只在欄杆邊傍看，眺望到一切遠處近處，心裏也慢慢的平靜下來。下樓後，母親、嫂子和姊姊三人都睡了，北生也不知在甚麼時候坐在地下小絨狗旁睡著了。在廚房裏，翠雲丫頭正偷偷地用無敵牌牙粉，當作水粉擦臉。這個時候，岳珉突然聽到隔壁有人拍門，心便驟然跳躍起來，以爲是爸爸和哥哥回來了。可是，沒多久，一切又重歸靜寂。岳珉不知道她那個在軍隊裏做事的爸爸，已經殉職了。

沈從文的後記，只有一句：「爲紀念姊姊亡兒北生而作。」由此可見故事中，都與作者親人有點關係，這一點我們可從他流露於文中那份含蓄而親切的感情看出來。但是即使我們不知道作者的生平，對我們欣賞這故事一點也沒有妨礙。因爲沈從文在這篇作品中成功地營造了一種靜穆的氣氛，一種由各主角無援無助的心境襯

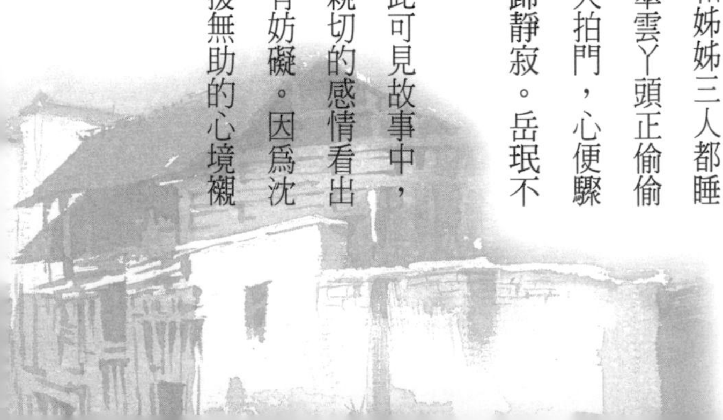

托出來的悲情：她們雖然勉強地說些輕鬆的話，卻一樣難遣憂懷。這種悲傷的氣氛，從這家庭住的昏暗屋子和屋子外無邊的春色比對中，最容易令人感覺出來。晒樓上所看到的各種細節——小河、草坪、風箏、馬匹、小尼姑和新娘子——在故事中都各別變成了自由和幸福的象徵，遠離這個逃難家庭之外。除沈從文外，三十年代的中國作家，再沒有別人能在相同的篇幅內，寫出一篇如此富有象徵意味、如此感情豐富的小說來。

（轉載傳記文學叢刊中國現代小說史）

〔注釋〕

❶見「神之再現」（《鳳子》第十章），載於「文學雜誌」一卷三期（一九三七年北平），頁一四三—一四。

❷見「習題」，「阿金」（一九四九年開明版）頁三—四。此文原爲《從文小說習作選》之序言。

❸見《從文自傳》（一九四三年開明版修正本），頁二一一。

❹「三個男子和一個女人」與「大王」均收入金隄和Robert Payne編譯的《中國土地》（*The Chinese Earth*）中。

❺見丁玲「一個眞實人的一生——記胡也頻」。此文爲《胡也頻選集》序言（一九五一年北京出版），頁一七。

❻見「靜默」，「文季月刊」一卷六期（一九三六年十一月），頁一一三二。

❼見蘇雪林「沈從文論」，爲《沈從文選集》之序言，頁一五一。

❽見「龍朱」，《沈從文選集》頁一四六。在載於「春」（一九四七年開明版）的修正本裏，沈從文把「阿波羅神」四字改爲「天王菩薩」。

❾見「會明」，「黑夜」（一九四九年開明版），頁一六。

❿見「蕭蕭」，「新與舊」，頁二七——二八。

⓫見「生」，《沈從文選集》頁五〇。

⓬見「夜」，《沈從文甲集》（上海，國光，一九三〇），頁三二二——三二四。

⓭見「習題」，「阿金」，頁五。

⓮《主婦集》（香港，建文書局，一九五九），頁二——三。（作者案：這段文

字，是劉紹銘譯本章時加引的，因爲國內讀者看不到這篇小說。不妨再引「主婦」首段，該段文字更代表沈從文運用西方句法的圓熟：「碧碧睡在新換過的淨白被單上，一條琥珀黃綢面薄棉被裹著溫暖身子。長髮披拂的頭埋在大而白的枕頭中，翻過身時，現出一片被枕頭印紅的小臉，睡態顯得安靜和平。眼睛閉成一條微微彎曲的線。眼睫毛長而黑，嘴角還鑲了一小渦微笑。」）

⓯見「靜」，《黑鳳集》（一九四三年開明版），頁四〇。

⓰同右，頁四六。

關於・沈從文

沈從文（1902-1988）原名沈岳煥，筆名小兵、懋琳、休芸芸等，苗族，湖南鳳凰縣（今屬湘西土家族苗族自治州）人，30年代知名作家、歷史文物研究家、文體家。他是具有特殊意義的鄉村世界的主要表現者和反思者，創作風格趨向浪漫主義，充滿了對人生的隱憂和對生命的哲學思考，沈從文的一生是坎坷的一生，是奉獻的一生。沈從文先生的文學作品《邊城》、《湘西》、《從文自傳》等，在國內外有重大的影響。他的作品被譯成日本、美國、英國、前蘇聯等四十多個國家的文字出版，並被美國、日本、韓國、英國等十多個國家或地區選進大學課本，兩度被提名爲諾貝爾文學獎評選候選人。

他的創作表現手法不拘一格，文體不拘常例，故事不拘常格，嘗試各種體式和

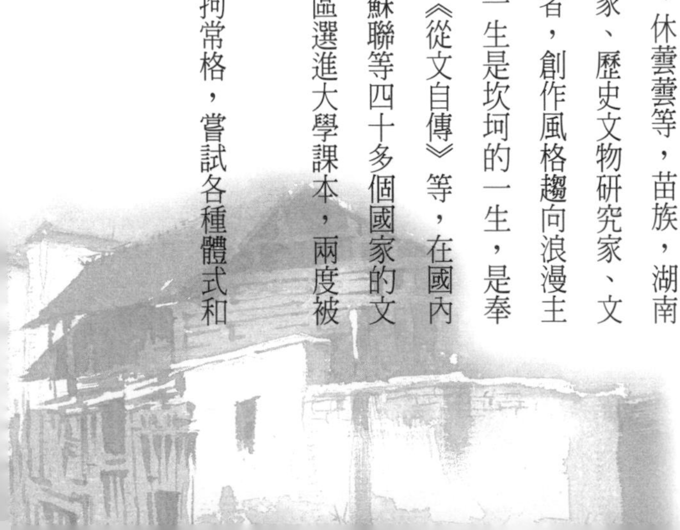

結構進行創作，成爲現代文學史上不可多得的「文體作家」。

散文獨具魅力，爲現代散文增添了藝術光彩。一些後來的作家曾深受他創作風格的影響。

小說取材廣泛，描寫了從鄉村到城市各色人物的生活，其中反映湘西下層人民生活的作品最具特色。小說寫得平靜、哀怨，美麗中透著悠長的感傷。他寫湘西的鄉下人，鍾情於未被都市污染的人們，但又對現代文明罩在人性身上的暗影，生出厭倦的情感。

代表作《邊城》以兼具抒情詩和小品文的優美筆觸，表現自然、民風和人性的美，提供了富於詩情畫意的鄉村風俗畫幅，充滿牧歌情調和地方色彩，形成別具一格的抒情鄉土小說。

晚年醉心於文物研究，對服飾、瓷器、錦緞絲綢、舊版經文，多有心得。一本《中國古代服飾研究》，林林總總，巍巍大氣，像他的小說一樣，流動著祥和之美。

沈從文生平

一九〇二年出生，苗族，湖南鳳凰縣人。

14～15歲時，他投身於伍，隨本鄉土著部隊到沅水流域各地，浪跡湘川黔邊境地區，隨軍輾轉於湘、川、黔三省邊境一帶，開始接觸中外文學作品。

一九二三年他到北京，受到五四新文學運動的影響。

一九二四年開始文學創作，在《晨報》上發表了第一篇作品，此後一發而不可收。同年與胡也頻合編《京報副刊》和《民衆文藝》週刊。

一九二八年到上海與胡也頻、丁玲編輯《紅黑》、《人間》雜誌。

一九二九年時，任教於中國公學，這時沈從文的作品已頗有名氣了。

抗戰爆發的七、八年間，出版了小說集《好管閒事的人》《石子船》《老實人》《月下小景》等二十多部小說集，成爲當時新文學領域中小說創作數量最多的作家之一。

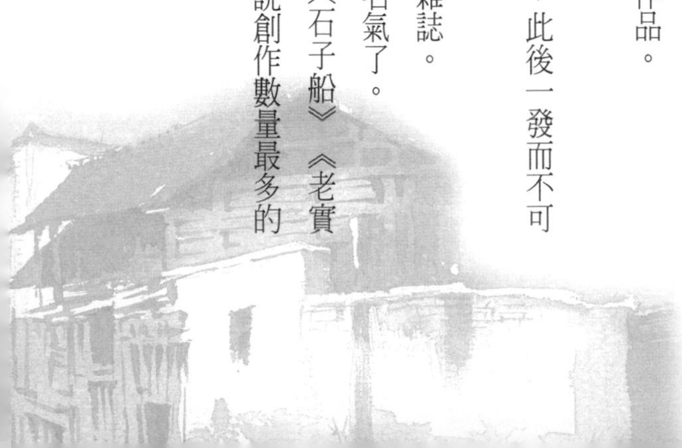

一九三〇年起在武漢大學、青島大學任教。

一九三四年起編輯北平和天津的《大公報》副刊《文藝》。這一時期是他創作生命的高峰期。那時他已寫下了《邊城》、《湘行散記》等，不久，蘇雪林、劉西渭等都撰文肯定了他的創作，可謂聲名鵲起，一時氣撼文壇。

一九三七年抗戰爆發後到西南聯大任教。

一九四六年回到北京大學任教。編輯《大公報》、《益世報》等文學副刊。

一九四九年建國後在中國歷史博物館，從事文物、工藝美術圖案及物質文化史的研究，主要從事中國古代服飾的研究。

一九五七年被動放棄了文學生涯。

一九七八年調中國社會科學院歷史研究所任研究員，致力於中國古代服飾及其他史學領域的研究。研究成果有《唐宋銅鏡》、《龍鳳藝術》、《中國古代服飾研究》等學術著作。

一九八〇年曾應邀赴美國講學。

一九八二年增補爲中國文聯委員。

一九八八年病逝於北京。享年87歲。

2022.02

ISBN 978-986-06503-6-5（平裝）

國家圖書館出版品預行編目資料

邊　城／沈從文 著　初版，新北市，
新視野 New Vision，2022.02
　　面；　公分 --
　　ISBN 978-986-06503-6-5（平裝）

857.7　　　　　　　　　　　　110019733

邊　城
沈從文　著

主　　編　林郁
出　　版　新視野 New Vision
製　　作　新潮社文化事業有限公司
　　　　　電話 02-8666-5711
　　　　　傳真 02-8666-5833
　　　　　E-mail：service@xcsbook.com.tw

印前作業　東豪印刷事業有限公司
印刷作業　福霖印刷有限公司

總 經 銷　聯合發行股份有限公司
　　　　　新北市新店區寶橋路 235 巷 6 弄 6 號 2F
　　　　　電話 02-2917-8022
　　　　　傳真 02-2915-6275

初　　版　2022 年 2 月